命运·主场·限
一个茶村的
生　长　故　事

缪芸　著

本书得到大理大学民族学重点建设学科经费资助

扉页印章绘画 怪兽

目 录

序：照见我们共同的命运　　　　　　　　001

第一章　命运之河　　　　　　　　　　　006
"绿色黄金"，普洱茶的兴起　　　　　　　009
景迈山，命运的两次翻转　　　　　　　　016

第二章　茶叶生　万物生　　　　　　　　022
从火塘到茶室　　　　　　　　　　　　　026
两代人，种茶与卖茶　　　　　　　　　　032
采茶工　　　　　　　　　　　　　　　　038
唱歌，搞接待　　　　　　　　　　　　　044
学习，再学习　　　　　　　　　　　　　053
孩子　　　　　　　　　　　　　　　　　056
春茶季，一半诗意一半烟火　　　　　　　061

第三章 与自然共生 与村寨共生　　　　064
被打捞的记忆与被书写的地方性知识　　　070
在神灵的护佑下　　　　　　　　　　　　074
祖训的重生　　　　　　　　　　　　　　082
好生态与生态茶　　　　　　　　　　　　094
合作社的合作与不合作　　　　　　　　　101
过节，集体事务　　　　　　　　　　　　103

第四章 留茶村 守主场　　　　　　　　　112
头人、文化精英、村干部与茶商　　　　　115
月亮升起来　　　　　　　　　　　　　　133
我干不动的那天，他要回来　　　　　　　137
玉丙，玉饼　　　　　　　　　　　　　　144
新青年　新茶人　　　　　　　　　　　　149
密林深处　　　　　　　　　　　　　　　162
在深夜穿过村寨　　　　　　　　　　　　165
不谈茶，我们来聊雨林　　　　　　　　　170

第五章 出茶村 茶山的江湖儿女	174
玉荫就是玉荫	177
一位文艺青年的转型	185
家乡最好	191
我在北京很好	194
我是茶农	200
到哪里都可以卖茶，做什么都可以卖茶	206
第六章 茶山价值的叠写	210
茶山的形象再造与实地改造	213
送你一座游乐城	219
世界的景迈山与个人的私享服务	223
社会往前推的时候，我们要帮他们往后转	231
打造景迈山样本	235
尾声：一个茶村的生长故事	243
后记：在大的时代变迁里看到个体的生命轨迹	248
致谢	252

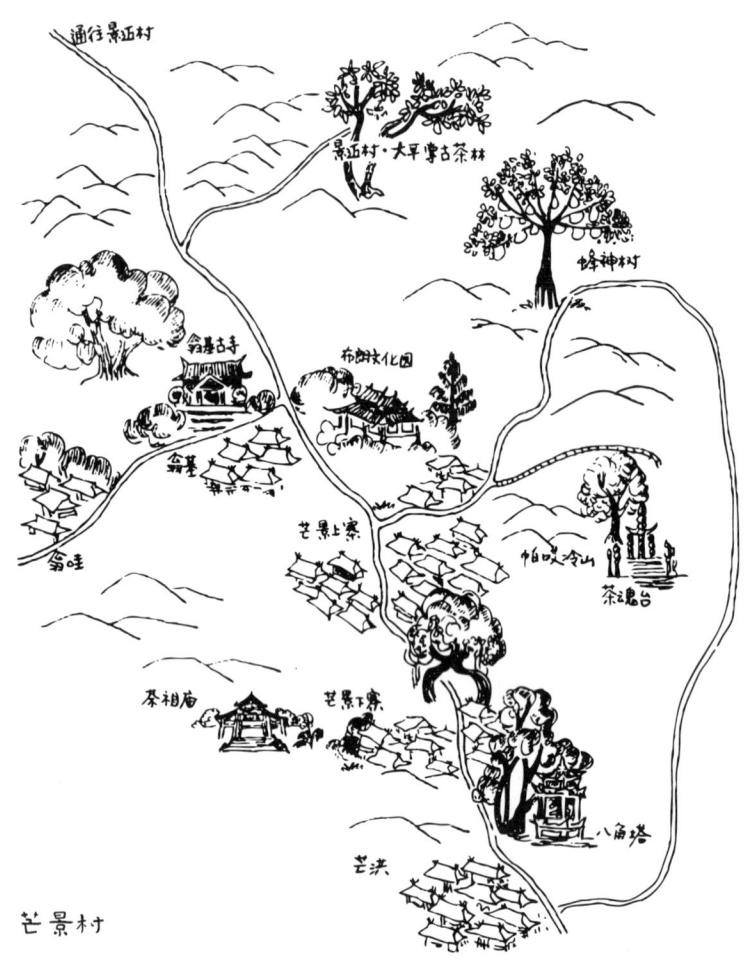

芒景村

绘画 全海燕

手工绘图,有一定误差,以实际地图为准

序：照见我们共同的命运

景迈山有景迈、芒景两个行政村。前者以傣族为主，后者以布朗族为主。

两个村子，我对芒景村有偏执的爱。

如果非要说理由，可能是因为它不那么戏剧化的变化中蕴藏的复杂性和丰富性，在变与不变之间保持着的一种适度的平衡。

如果非要说理由，就是没有理由，气场合而已。

所以，书中的故事确切地说书写的是景迈山的芒景村。

从2022年到2023年初，受到新冠疫情的困扰，我和朋友们常常感到生活处在一种失序的状态。

这期间，还发生了其他的一些事，比如极端炎热的高温天气，比如俄罗斯与乌克兰的战争，比如土耳其的地震。

我和朋友们会聊到命运。命运的不确定性，个体对于不可掌控的命运的无力感。

命运是天生的命，还是外界所推动的后天的命？

命运是虚无的吗？还是可辨识的某个事件带来的？

没有确切的答案。

唯一确定的是，命运之河往往是有力量的，当命运照到某个地方或某个人的时候，个体只能做出反应。

朋友晴晏，上海工作的白领，到景迈山旅游时和我聊她的感受。"好久没见过这么从容的人了。从容带来高贵。真的，哪怕是茶农，都让我感受到高贵。城里人每天卑躬屈膝的。"

我没有想过用"高贵"这个词来形容景迈山的朋友，但我开始想为什么景迈山的朋友会从容。

城市的工作，看似很多选择，但对应的是竞争背景下内卷的焦虑，对于未来的不确定性和移动性。

而在景迈山，指向明确的以茶为生的生计方式，在未来一段时间有着持续性和稳定性，大家没有那么多困惑与选择，做好一件事，一心一意。在自己的土地上，有依附，有回报的具体劳作。此外，景迈山申请世界文化遗产，是本地生态与文化的被看到和被肯定，是重新建立的地方感，作为主角的他们有了更多的尊严和自信。

那份主场的从容，来自大家对生活的掌控感，对故土的归属感与拥有感。

人努力掌控自己的命运，可有时总困在更大的不知觉和不可掌控的命运之中。

是客观的限制，也是主观所能达到的极限。

在命运之河里，有抓住机遇顺势而为的幸运，也有认命时不得已的妥协。

以茶叶经济带来的变化为主线，围绕命运、主场、限三个关键词，这本书想呈现一个茶村的生长故事。

一个村寨有很多面向，记录下来就成了相对独立的零散故事，但每一章都有一个相对明确的主题。序言、尾声、每一章节的导读，会把想要表达的东西说得直接和清晰一些。

第一章简要描述了普洱茶和景迈山的背景。将茶与橡胶、松茸等云南的其他地方风物相比较，才能了解村寨作为主场，茶叶赋予当地人的能动性。普洱茶市场的兴起及申遗等外界因素裹挟着村寨及个体，带来了命运的翻转。

接下来两章的重点是村寨。第二章呈现的是在命运的推动下，村寨在建筑、生计方式、文化、人的意识等方面发生的变化。第三章则会看到村寨作为一个命运共同体，有意识地去构建自己的主场。

个体也在变迁的大时代里，努力掌控自己命运。无论是留在茶村，还是走出茶村，有故乡的茶叶，就有在主场的底气。第四章和第五章记录个体的故事。

如果说前面的章节更多关注时间维度上的变化，最后一章的视野则走出茶村，在更大的社会结构背景下来看外界各方对茶村资源的规划和共享，看到主场之外的局限与限制。限，也是命运。

生长，是植物的状态，是村寨变化，也是乘风而起的个人生命轨迹。

于景迈山，这是时代的命运之河，是村寨的命运之河，是每个人不尽相同的命运之河。

而我们每个人，也都在时代的命运之河中，经历着各自的命运之河。

绘画 全海燕

绘画 姜丽

第一章

命运之河

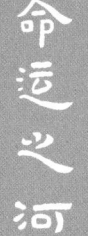

2022年1月，我在惠民镇坐公交车去芒景村。每日只有一班，早上十一点。我准时到达，将近晚了半个小时司机才来，又过了半个小时车才开动。临上车前，我去附近的超市换了零钱，因为车费10元只能用现金，自助投币。有一个小伙子端着一个盒饭上来，师傅叮嘱，慢慢吃，不急。有人送上来几大袋的菜，有人送上来几个包裹，上面都写了电话号码，到了景迈山，师傅会打电话，有人会来把包裹领走。在按了好几次喇叭，以示提醒之后，车出发了，开上了山。

　　进入标明景迈山地界寨门一样的建筑，便开始了盘山的弹石路。车在山间绕山而行。路两旁的植被很好，深山密林处，云雾腾腾，大树和房子若隐若现。

　　突然而来的颠簸感仿佛制造了一个通过仪式，有层次感地进入一个地方，一个抵达的过程。又似乎隐喻着景迈山当下的状态，既连接又拒绝，一面敞开迎接现代生活，一面坚持属于自己的节奏。

"绿色黄金",普洱茶市场的兴起

在云南,我看到过不同的地方风物。

在西双版纳一个种橡胶的村子。胶林就在环绕村子的山上,在院子里就能看到。整座山上都是橡胶树,只有橡胶树。山上都种了橡胶,村民的主要收入靠橡胶。在依赖的同时,这种经济作物的不可控性让大家焦虑。橡胶是外来物种,不论是从文化上还是种植方式上,都不是他们所熟悉的。村民只能提供橡胶的原液,没有加工的能力,这让他们在定价和销量方面,没有话语权。橡胶的价格曾经很好,最近好些年,价格一直不高,他们只能焦虑着。还有放弃的。一位朋友在另一个村,家里有橡胶林,但胶的价格太低,甚至抵不上雇工人去割胶的工钱。家里放弃了橡胶林,打算任林子荒个五六年,到时直接卖木材。

在云南香格里拉市的松茸交易市场感受着速度。为了能让新鲜松茸在最短时间内从产地到餐桌，村民采摘的松茸当天下午就被中间商带到了市场，又要在最短的时间内运输出去，一些快递公司甚至每天都有货运包机。白色薄膜、冰袋、泡沫箱，呲呲拉拉不绝于耳的胶带声，不断提醒着你，速度，速度，速度。

和云南藏区的朋友聊当地产的葡萄酒。高原的干热河谷长出优质的葡萄，大大小小有很多家外来的葡萄酒企业。一些村民自己也酿酒，在村里的小卖部售卖。用白色塑料桶装着的酒卖出的不多，他们缺乏投资设备所需要的资金和酿酒的技术，也没有关系网络去卖出这带着异域想象的酒，只能成为葡萄的供应者。

与种植其他地方风物的人相比，茶农享有更大的自主性。茶不是外来物种，山地的茶农以前就种茶、喝茶，茶的印记刻在他们的生活里。制茶可以是家庭作坊的模式，设备投资不大，技术要求不高，现代的加工手艺是大家能掌握的。普洱茶被认为是越沉越香，可以收藏，可以投资，当季卖不出去也不用特别担心。

比起后期的加工工艺，普洱茶更讲究的是先天的资源条件。山头是造成普洱茶口感差异的主要原因，即使是隔得很近的两个村子，口感也是不一样的，再加上数量有限，物以稀为贵，一些知名茶村的古树茶可以是几万元一公斤，成为"绿色黄金"。

一位朋友讲到一个知名茶村茶叶价值的变化。以前到亲戚家，茶随便喝，走的时候还要装上一大包送给你，因为没有其他可送的东西。后来，送的茶分量变小了。再后来，茶舍不得送了。"我说要走了，说了三次，他们也没有送。"现在，能请你喝茶，已经是不错了。

听得最多的，是云南冰岛村和老班章村的故事。

"打卡冰岛，长了一村子的摇钱树，一片叶子20元那种。摘了4袋，一袋就是一个LV。"

"冰岛每棵树都有主人，而且一到采茶的季节就去守着了。怎么采的要去守着，以防被换。不管什么都是谨慎，就恨不得在旁边搭个房子，就恨不得每一片叶子都是自己亲手采的，那种感觉太贵了。"

老班章的朋友说："大家都知道老班章的茶贵，虽然有的人并不知道老班章是个什么鬼。"

西双版纳的勐海县城往来几个主要茶村都很方便，成为普洱茶的集散地，被称为普洱茶的义乌。当地有的房地产公司甚至推出了"以茶换房"活动，可以用茶叶作为首付购买房子。一位做房地产销售的女孩和我聊天时说，老班章的茶农会约着团购某个小区的房子，一家人买房时，有几个孩子，就买几套，即使孩子还很小。不确定这样的说法有没有夸张的成分，但老班章的寨门推倒重建了好几次，越建越气派。刚开始卖茶的时候，村民只收现金，茶商只能拉着一车的纸币去。2014年，老班章信用社成立，是云南农信第一家以自然村为单位建立的信用社。截至2022年1月，勐海农商银行老班章支行（原老班章信用社）存款余额达3.94亿元。2020年的数据，老班章有136户人家。

与之相对应的是，做摄影的朋友说，1995年的时候去老班章，他们还会带些旧衣服送给老班章的人，很受欢迎。

除了山头，决定茶叶价格的还有古树茶与后来种植的台地茶的区别。即使是同一个寨子的茶，树龄不同，价格也不同。曾经不受待见的古树茶，现在成为不可复制的稀缺资源。

古茶树价值的翻转带来了很多故事。有关于村寨的。云南的寨子人口增多到一定的时候会分寨子，一部分村民搬到新寨，离开老寨，离开密林里的古茶树。有一天突然发现，自己失去宝贵的财富资源。有关于家庭的。两兄弟分家，强势的哥哥要走了当时值钱的台地茶茶林，老实的弟弟迫不得已认下了古茶林，却在之后的某一天迎来了幸运的高光时刻。

从更大的视角来看。张振伟博士在一次讲座中描述了居住在山地与居住在坝子的不同族群因卷入普洱茶经济而带来的翻转。

"居住在坝区，更为贴近近代以来一系列茶叶种植方式改良的傣族茶农，能保留下来的古树茶寥寥无几。那些远离统治中心，被贴上落后、懒惰标签的居住在山上的少数民族，反而保留了大量的古树茶。因此，在晚近以来普洱茶市场复兴带来的巨大利益中，居住在山区的民族得到了更多红利。

"从长时段来看，居住在西双版纳地区的诸多民族，在数百年乃至更长的时间里维持的相对稳定的坝区与山区、统治与被统治、优势与劣势、富裕与贫穷等一系列二元对立结构与标签，在近20年的普洱茶市场复兴中被打破。"[1]

谁也无法预测命运的翻转。

---

[1] 张振伟.《卷入与翻转：普洱茶贸易中的人群、技艺与价值》"物质性、遗产与文明"系列讲座暨"人文：历史、心性与茶"安溪铁观音茶文化系统工作交流会第二期第二场，https://mp.weixin.qq.com/s/QBfZ2foUCO47a-jEX8em7Q.

绘画 姜丽

第一章 命运之河　015

景迈山，命运的两次翻转

景迈山位于云南省普洱市澜沧县惠民镇，区域内有景迈、芒景两个行政村，共14个自然村，前者以傣族为主，后者以布朗族为主。芒景村有芒洪、芒景上寨、芒景下寨、翁基、翁洼、那耐6个自然村，前5个自然村为布朗族村寨，那耐为哈尼族村寨。

对于景迈山的村民，市场让大家重新认知了茶树的经济价值，申请世界文化遗产让大家重新建构和实践了地方性知识。

茶村的命运，也发生了改变。

四十多岁的村民回忆，小时候寨子里的人还背着茶去孟连交换其他生活用品，如布、棉花、锅、盐等。

五十年代至八十年代，芒景村的普洱茶作为国家二类物资同粮食一样扮演了国家化的工具，通过统购统销的计划，纳入国家战略中。直到后来分地分山分茶树，茶林才划归个人所有。1962年及1978年芒景村曾试种过台地茶，但规模不大，大面积种植是八十年代和九十年代，那时提倡"建设新茶园，改造老茶园"。[1]近年来芒景村进行台地茶改造，移除种植得过于密集的茶树，并把梯田状的台地改为更自然的坡地。

以前收茶叶不分古树、小树，混在一起看看外形，再拿一个杯子用开水泡一下，古树茶不受重视。"那时候的古茶园，杂草都比古茶（树）高，茶树的叶子都是黄色的。因为杂草太深，已经快把茶树破坏。"[2] "大家都认为古茶黑，不好看，只想要漂亮的台地茶。就像我们现在吃菜要挑好看的，那时台地茶的茶采出来又壮又漂亮，反正看上去是很好。"

村民回忆，从2006年开始，古树茶才受到关注。"那个时候那些广东人、外省人，他们开始发现我们这些茶树真的是古树，它在山里面，然后在树底下，确实不打药。因为当时大家都不管那些古树，以前管都没人管。以前台

---

[1] 郭静伟.嵌入在社会文化变迁中的普洱茶[D].云南大学,2013,第38页,第46页.
[2] 茶业复兴编辑部.景迈山,这个一草一木都有灵魂的地方,现在灵魂人物却带头反省,2017-04-26,https://mp.weixin.qq.com/s/mr8JWx9VIuHuDts419KouQ.

地茶值钱,现在是古树茶值钱了。"

性价比高,是大家夸赞景迈山的茶时常用的形容。景迈山的茶林面积大,茶叶量也大,口感不算特别的惊艳。列得上好茶的榜位,但价格比较温柔近人。

芒景村一夜暴富的故事没有那么惊心动魄,但确实也带来了经济上的变化。

2007年左右,普洱茶的价格炒作到了高位。茶农的钱多了,而且来得快。

卖茶的季节,芒景村的村民采一早上的茶就能有七八百元的收入。[1]

苏国文引用村民的话:"以前背布朗族背带下山,是害羞的,那是穷的标志;现在不同了,现在背这个背带要注意,小偷盯着看,因为里面有很多钱。去买摩托车,背着这个包包不用付钱,可以直接骑着回来,春茶收了,再付钱。"

艾果说到2008年左右,是茶叶卖得最好的时候。

"那个时候,初中生在县城都不住校,住的是宾馆,天天下馆子。"

---

1 郭静伟.嵌入在社会文化变迁中的普洱茶[D].云南大学,2013,第68页.

"我们芒景村的人，当时在县城里傲来傲去的。"

"那时上网要买卡充值。我每天充100，一点都不心疼。"

"景迈山古茶林文化景观"早在2012年就入选《中国世界文化遗产预备名单》，但直到2022年，才作为当年中国申请联合国世界文化遗产的唯一项目进行申报，申报遗产区位于景迈、芒景两个行政村，面积7167.89公顷，包含5片古茶林、9个传统村落，以及古茶林之间的3片分隔防护林等遗产要素。

在申遗部门给当地人进行培训所用的材料中，景迈茶山文化遗产的价值简单地概括为：林下种植传统、土地平面和垂直利用方式、茶祖信仰。申遗文本中有更详细的诠释：景迈山古茶园至今已有1800多年的历史，是传统的"林下茶种植"方式保存至今的实物例证和典型代表，因地制宜的土地平面利用技术和垂直利用技术是原始的森林农业土地利用的典范，不仅使景迈山呈现出"森林－茶林－村落"平面功能景观，而且塑造了林－茶－人三位一体的空间关系和生态关系。[1]

---

1 景迈山申遗文本.

这让景迈山的茶，有了不一样的叙事方式。

以往对茶山的描述往往建立在对茶叶品质的认知上，讲口感，讲价格，而景迈山，强调的重点是当地的生态与文化。

好的生态，常常对应的是偏远与不易抵达。

景迈山2000年左右才通的公路。

普洱市到澜沧县的高速公路2021年才修通。路边不时还竖着蓝底白字的写有"野象通道，请勿鸣笛"的牌子。

2000年，翁基村现任的社长晒砍结婚。他和妻子而么走了一天，从寨子里走到镇上。那时没有班车，也没有其他合适的车，有时一个寨子才有一两辆拖拉机。他们在镇上逛了逛街，买了点东西，花了150元钱。现在仍然能听得出他的心疼："150块钱，要砍好多柴火。"那时，砍树是寨子里重要的经济来源。

现在的晒砍买了好车。"今天我要去普洱，今天我要去景洪，马上就去了。"车让他们与外界相连，也让他们有了移动的自由，随时去到自己想去的地方。

和别人聊到景迈山，时常听到有人把偏远和贫穷与现在保留的古茶林和传统建筑联系在一起。

因为偏远，当初政府大规模推行台地茶改造的时候没有彻底地执行。把古树茶进行矮化以方便采摘的方式也没有很好地实施。交通不便，大家种台地茶的积极性不高，种了茶也不好卖出去。有朋友回忆，土路路面不好，又窄，皮卡车上山很费劲，茶商少，茶价也很低。

因为茶叶经济相对落后，芒景村的传统村寨风貌得以更好地保存和维系。"没有买现代材料的资金，没有改造新房的能力，保留了下来。"2007年，当地政府制定的"惠民旅游小镇"的开发规划开始实施，禁止建设现代外观的砖混楼房，保留了布朗族传统干栏式建筑，作为首批"中国少数民族特色村寨"之一的翁基村，有了发展旅游的重要资本。[1]

在申遗的标准下，偏远与贫穷的意义可以转换，景迈山的故事，从生态友好，人对自然索取有度的生活方式角度展开理解和叙述。

地方文化，重新被认知、被擦亮。

---

[1] 宋婧.复杂的馨香:茶经济发展中的芒景村布朗族与景迈村傣族[J].西南边疆民族研究,2012(01).

绘画 姜丽

第二章

茶叶生 万物生

"我就后悔我去云南时候年纪大了。

否则我就嫁那儿。有茶山,有房子。

我去的时候,年纪只能嫁他们那儿二婚的了,

是真羡慕,有地有产业有家族使命,感觉比我有根有方向多了。

有一次我们摄影师问我,这边年轻人跟村里的连接纽带就是茶产业,会不会也挺危险的。我说那咱们跟自己家乡还有个啥联系啊。"

微信群里聊到景迈山时,一位朋友开玩笑地说。

二三十年的时间,茶成为芒景村村民主要的经济来源。以茶为生,成为顺理成章的选择,有着不可质疑的唯一性和确定性,似乎很久以来这里就以茶为生,而且在未来的很长时间里还会以茶为生。

微信朋友圈里,景迈山当地的朋友微信名基本都会带一个"茶"字。古茶人家、古茶、茶韵、茶香、为茶而生、茶记、茶魂、茶语……

还有地名,景迈山、芒景、翁基。

芒景村的朋友有的还会标明自己布朗族的民族身份。

人与土地的连接，人与故乡的连接，人与民族身份的连接，因为茶变得紧密起来。

每次到芒景村，都会发现一些细微的变化。

路两边多了竹的栅栏。

篮球场多了些健身器材。

多了个卖早点的店，可以吃米干。

多了一个乡土装修风格的店，客人可以体验喝烤茶。

很多人家里的茶桌上有了一个小花瓶，插着几朵小花或是一株茶叶。

放到一个更长的时间段，能看到更明显的变化。大家从茶农转变为茶人，村寨也越来越成为一个对外敞开的社交空间。

在外界推动下，村寨的生活一直在变化，大家也在积极应对着变化。

大家在不断地学习和适应，也有很长的路要走。

从火塘到茶室

在芒景村,满眼都是绿色,高低错落、深浅不一。随意的,舒展的,不被驯化的。

湿润的颜色带来湿润的气息,人被自然所滋养。

寨子里路面干净,房子不太挤,不太高,不太规整,不太鲜艳,就散落在群山里,散落在各种植物里。村在山中,茶在林中。植物在其位得以生长,人在其位得以安放。

万物归位。

与空心化的凋敝村寨不同,与被过度打扮过于商业化的村寨不同,芒景村有稳定的秩序感,不多不少,不紧不慢,恰到好处的节奏。

寨子里有人气,不是一潭死水。

人在家里,人在路上。摩托车在路上,汽车在路上。

傍晚干完活骑着摩托回来的人，后座上绑着做农活的工具，劳作的气息迎面而来。

人的状态是忙碌的、有底气的。既不疲惫麻木，也没有轻松得意，就是稳稳的，土地与劳作带来的踏实感。

寨子里还有很多年轻人。傍晚的篮球场上，夜晚的茶桌旁，会看到他们。

每周的集市，每年的春节、山康节、关门节、开门节、丰收节，还有日常的红白喜事，都是热热闹闹的，不冷清。

四季交替，劳作与休息交替，俗尘与神性交替，那是有序的稳定的生活状态，没有消失的附近的生活。

在寨子里走过一家又一家的茶室。

以前火塘是一个家庭的中心，现在茶室成了生活的重心。

晚上，山里的黑夜里，独栋的屋子，映照着茶室里明黄色的灯光。12点还有人在喝茶，聊天。有时一手握茶，一手握酒。有些奇怪，但又很契合，就是一个聊天的场所。

几乎每家都有茶室,走到哪里都能喝到茶。大家对外人没有太多戒备,也没有目的性很强的过度期待,保持着适度的热情。

翁基村。

几个女孩去寨子旁边烧垃圾,火烟冒了。很快,社长晒砍接到电话,微信里还收到了视频,问烟是怎么回事。那是寨子高处的监测仪器检测拍到的。

作为布朗族传统村落的代表,翁基村受到重点保护,它也是芒景行政村游客最多的村寨。

这里几乎每位女性日常都穿民族服装。

"以前很少穿。有活动,要过节才会穿。后来有了旅游,刚开始有游客要进来的时候,领导会通知我们穿民族服装,那个时候我们会特意准备。现在基本上像是便装一样了,已经成为我们的习惯了。"

"客人要来喝茶,我们穿汉族服装,被看见的话有点不好看。"

绘画 榆木先生

第二章 茶叶主 万物主

寨子里的传统干栏式建筑保存得好,游客也多,更有一种敞开的社交空间的意味。

两层结构的干栏式建筑的空间是通透的,门户敞开,生活也就展现出来。阁楼望出去是天空,绿色的山。站在二楼,看到对面的二楼,孩子爬在地上玩,一位青年男人在发呆。空气里有炒菜的味道,隐隐约约听到勺与锅相碰的声音,有人家在做饭了。

近几年,随着茶叶经济与旅游的介入,村貌发生了改变。一栋房屋的面积没有变,朴素的外表没有变,但功能增多了。很早就失去了养殖牲畜功能的最下面的一层改成了茶室,用木格的栅栏来通风透气。茶室敞开,其他空间是封闭的,那是自家人住的地方,也是客栈,用来接待游客和买茶的客人。那些白天看起来低调的木楼,在夜晚却很惊艳,仿佛在灯火通明里苏醒过来,焕然一新。

在申遗前,翁基就已做了不少整治工作。寨子里不让养殖了,养猪的地方移到了寨子外,鸡养在茶林里。寨子里没有摆放垃圾箱,而是每天有垃圾车来收集。虽然会看到有晾晒在外面的衣服,当地朋友说,很早以前就被告知，内裤不能晾在外面。

虽然越来越现代，走在寨子里，还是能感受到传统生活的痕迹。有人在酿酒，循着酒香去，你会受邀喝上一口新鲜的、温热的苞谷酒。水管下，有人以木棒捶打的方式在洗衣服。路边的大石板上，有赤脚的老人侧躺着休息，那是他们的习惯。走进茶室，偶尔会有老人含着烟锅在抽旱烟，浓烈的味道里，弥漫着旧日的生活气息。

两代人，种茶与卖茶

常常想，称景迈山的朋友为茶农是否合适。现在的他们更多的是卖茶和制茶，农田里的事多交给了雇用的工人。

很早以前，寨子里允许开发荒地转为田地。勤劳的人开发新地，开始种玉米等作物，后来种上茶树。

那时付出的是劳力。"最苦力的工作是老一辈人做的。基础工作他们已经做掉了。"年轻人说。

后来，为了保护生态，田地不能开垦了，茶树也就不能再扩大规模了。

"人家（政府）是不能开发了，现在的茶地已经不能再开发了。"朋友说。

与茶相关的主要工作，也从种植转到了加工和销售，大家开始打造自己的品牌，面对的客户更为多元和随机。

不用走出寨子，各种各样的人来到了芒景。人和外界连接的能力增强，以前有的人见到外面的人会害羞，现在是主动地想要认识。

即使是老人，也是愿意交流的。

在翁基村停车场摆摊的奶奶买了第一部智能手机，可以微信收款了。她还学会了卖小包装的茶饼，那是买纪念品的客人提出的要求。

但老人与客人交流往往不够顺畅。以前不会说普通话，或是会听不会讲，现在会说上几句，但不够流利，也无法表述和茶叶有关的更多的内容。

"对茶的来源，功效什么的解释不清楚。""他们可能连白茶、红茶这些都分不清。工艺上可能也讲不清楚。""或者可能是知道，但是表达得不是那么准确。"年轻人说。毕竟大家自己制作茶叶的时间不长。

有时，他们不明白别人委婉的意思，比如对方是在表示拒绝。

面对外人，他们也比较害羞讲自己的生活，不好意思讲，也不知道怎么讲。

寨子里几乎每家都有茶店,有的售茶、客栈、餐饮全部结合在一起。

新来的客人往往很随机地选择,有更强社交能力的年轻人成为卖茶的主力。

年轻人更容易和客人交流,除了泡茶,有的还会带客人转寨子,爬山。擅长与外界打交道,建立关系网络的人,生意就容易越做越大。

年轻人需要有更综合的能力。除了提升茶叶品质,在包装、储运等方面比起只种茶的上一代人有了更多的维度。

朋友圈里,芒景村的朋友卖茶文案风格各有不同,大致可以划分为老派的和新式的。

有的是传统的介绍茶的方式,简单粗暴地讲重点。

"刚压好的黄片砖,就等你下单哦。"

"规格:500g/砖,物美价廉。"

"口粮茶,760元/提有7饼,130元/饼,包邮。"

有时也稍稍感性地描述一下。

"生于深林之中,滋味比较饱满,内含物质丰富——

绘画 榆木先生

第二章 茶叶主 万物主

野生茶。"

"老茶的魅力就在时间沉淀，褪去浮华。"

"沉着稳定，有一种意犹未尽的醇厚。"

"姜是老的辣，茶是老黄片甜。"

而年轻人，有的会选择另一种非传统的卖茶方式，更抒情地渲染一种情绪。

"有人困在雨里，有人雨中赏雨，阴天也无妨，下雨也浪漫，又是晚霞陪我喝茶的一天。"

"如果一杯茶不能让你忘记忧愁，那么我还有很多杯茶……"

"在不完美的生命中，感知完美。哪怕……只有一泡茶的时间。"

"如果累了，就跟生活请个假吧！跟我一起在这里吹吹风，能吹散所有的烦恼，感冒也没关系。"

"生活匆忙，别错过日落和夕阳，你的开心比对错更重要。"

在云南的一个藏族村子的时候，发现阿嬢们有空时就会看短视频，不时分享和议论一下。她们也会互相拍照和拍视频，但不会上传到社交媒体。问她们为什么，说会被周围的人指指点点。

相比而言，不论是照片还是影像，芒景村的朋友更乐于在社交媒体上表达。

除了在茶室泡茶的图片，还有茶林、夕阳、云海、聚餐、歌舞等。展示村寨生活，也是卖茶的一部分。

他们愿意展示，需要展示。

采茶工

春茶季的清晨,景迈山的地界检查处,是缓缓移动的摩托车车流。人在车上,用脚滑动着前行,等待通过疫情防控的相关审查。黄色和红色的车灯刺破蒙蒙亮的天色。

那是从山下来到景迈山的各个寨子做活的季节性采茶工。

采茶工有拉祜族、傈僳族等少数民族,也有汉族,还有很少的傣族。

从经济上来看,在云南被称为坝子的山地之间的平地往往意味着富饶之地,可以种植稻谷和其他经济作物。而傣族,主要居住在坝区。曾路过西双版纳的勐混镇,一年可以收两季稻的地方。绿色的稻田畅快地铺展开去,远远地看到稻田边的村寨,有统一的深蓝色琉璃瓦屋顶的是民居,最显眼的那栋金色与红色相间的更高一些的建筑是寺院。目之所及，村寨孕育着丰盛的希望感。田地多，农忙季节，有时傣族会雇用住在山上的其他少数民族村民来干活。

从政治上来讲，景迈山所在的区域原来属于傣王管辖的领域，傣族在早期的政治地位要高一些。

从文化上来讲，与周边的其他很多山地少数民族仅有口头语言相比，傣族有文字，对南传佛教也有比较系统的认知，对佛教文化的积累更多一些。

而茶叶经济的发展，在部分区域内，让原有的山地与坝子的格局有了变化。

来做采茶工的人，大多是附近村寨的。有的家里有田地，但普通农作物的收入低。有些家里也是有茶树的，但因为品质的差异，茶叶价格低，他们选择了做季节性采茶工。此外，山下的台地茶发得早，景迈山的茶可以采摘的时候，山下的茶已经采收完了，时间上也错开了一些。

采茶有一芽两叶或一芽三叶等基本要求，不需要太多技术，但不经常采的人效率不高，还会采一些很老的茶梗。家有茶地的工人，更有经验。

采茶工自己也有一定的灵活性。在采茶季节，可以在这里干活，也可以到那里干活，或者选择不做采茶的活。"我们这边附近有些人还是愿意来，但是他们来的话就是工资高，不合适就不来。他/她都要先问你，如果是觉得划算就来采。而且（采茶的）坡地也不是很好站，有些时候他们也要算一天下来的收成。"

也有一些把茶地承包给工人打理，工人就住在茶地里，到了采茶季节，茶地的主人收购鲜叶。但找到合适的人也不容易。一位朋友家辞退了两次工人。第一次请了一男一女的搭档，后来发现两个人不是真正的夫妻。男的单身，女的有两个儿子，还没有离婚，老公不乐意。为避免麻烦，朋友辞退了他们。后来请了三位男性，春节前三人喝醉了酒，打架打得很凶，朋友担心在家里出事，早早地让他们放假了。

之前，芒景村也有来自缅甸的工人。

芒景村离缅甸边境最近的那耐村，只隔着一座山，据说从小路走，只有20公里左右。大家平时也会走亲戚，甚至有朋友说缅甸的人可以骑摩托来，远一些的，要在路边睡一晚上。

二三十年前，云南边境的少数民族会到泰国打工。在西双版纳靠近缅甸的村子听当地朋友说过故事。那时泰国工资高，从寨子里走小路到泰国也还算方便，便有人到泰国打工。本地的佛爷也曾经去过，在果园里做过，在面包店里做过。寨子里一位大姐16年前和前夫一起去泰国打工，在工地帮人做饭。第三个孩子出生的时候她回到寨子。她的丈夫在泰国找了一个当地人，他们便离了婚。后来茶叶经济发展了，前夫想回寨子里来，她不让，一个人拉扯大了三个孩子，管理着家里的茶地。

芒景村的缅甸工人，有的约着一起来，一来就是好几个，有时年纪还小的女孩也会来。比起请本地工人，缅甸工人的工钱更便宜，包吃包住，每个月1500元左右。但有的人做事不够勤快，而且彼此不容易沟通，少数的人可以讲布朗语或是傣语。

新冠疫情开始前,政府就加强了对缅甸工人的管理,来的人需要提供相关证件。后来疫情防控,政府挨家挨户盘查,还组织了车辆,把缅甸工人都送走了。朋友推测,这也是为了推动国内多雇用本地的工人,发展本地的经济。

经济发展的模式变化,带来做农活的工人在坝子的农田与高原的茶地之间的流动,在边境的流动。

绘画 姜丽

第二章 茶叶主 万物主

唱歌，搞接待

每次过节，芒景村的朋友都会聚在一起，打着象脚鼓，围圈跳舞。那是传统歌舞里的集体仪式感，是一种自然而然的习惯。在寨子里听过很多次，在现场的时候会觉得，不断重复的简单的音乐和动作会有些单调。后来过各种节的时候，都会看到朋友圈里芒景村的朋友分享小视频。同样的歌舞，熟悉的调子，一次一次，一年就又过去了。慢慢发现，在多变的现代社会中，保留变化中的不变，是可贵而让人安心的。

但另一方面，自娱自乐的歌舞，越来越成为接待客人所需要展示的一项技能。

"现在的歌不像以前那样了。以前是村子里面的人聚在一起热热闹闹的，现在可能更多地是展现一个热情好客。"

"老板们，有接待，请早定，

不要临时临八呢定，时间有限，

或者定的要退，请早通知，

接待费单天结或者第二天结，

谢谢合作。"

寨子里唱歌的朋友在朋友圈喊话。

越来越多的茶商和游客来到景迈山，经常听到当地朋友说"搞接待"。

唱歌成为一项业务。

少数民族能歌善舞，大家都这么说。

尤其对云南的少数民族，更会有这样的期待。

"大家来到少数民族村寨，就是想看到不一样的东西。"

"喝茶、吃饭的时候，唱歌欢乐一下气氛。"

客人需要玩得尽兴，唱歌可以助兴。寨子里唱歌的人多了很多，特别是年轻人。

有时酒店或客栈请，有时来了重要的茶商客户，作东道的人家也会请。

节日期间客人多的时候，同一时间会有好几场。

好几个寨子都有了本地民族音乐人队伍,像是一个标配。

大家开始学弹四弦琴了。2021年12月,芒洪村从西双版纳的布朗山请来了布朗弹唱技艺更成熟的老师教了两周,芒景下寨又请那位老师教了五天。四弦琴是从布朗山那边订做的,一些人还没买到,上课时间短,又没有琴,很多人技法还不熟练。朋友说,布朗山那边的布朗弹唱和芒景村这里的布朗调不太一样,芒景村的调子更悠长,不好学,布朗弹唱节奏明快,易上口。这也意味着,更适合为客人助兴。

大家还会学其他少数民族的歌曲,佤族的、拉祜族的,内容有敬酒的,表示欢迎的,诉说离别舍不得的,只要是能烘托气氛、联络感情的歌都可以唱,"就是各种民族歌你都要学"。

经常唱歌的本地歌手开玩笑地说:"领导来了唱红歌,广东的客人就唱粤语歌,少数民族的朋友就唱民族歌"。

也有人说:"不那样分,根据客人的要求,他们喜欢听什么就唱什么。"

很多时候唱歌也是爱好,一些年轻人是相互帮忙唱,你家有客人我去,我家有客人你来。"像我们自己来,也不是说要专门去接待那种,就几个人学,然后他家的客人来了以后,我们就自己接待了,我们其实也算是玩。"

也有的是收费做接待的。有朋友多的时候每个月接待的收入能有三四千元。有的忙于自己的茶叶生意,不愿意去唱歌。也有年轻人是愿意挣这个接待费的,有经济收入又是短时间的工作。

因为请不到人,也因为想有更好的演出效果,有时,更远一些的拉祜族村寨老达保的村民会被邀请过来给客人表演。这个村以音乐出名,节目还上了2022年的春晚。当地朋友说:"他们很专业,知道什么时候敬酒,什么时候唱歌,什么时候跳舞。"

我在晚上看过一次表演。大露台上,客人与表演者围坐一桌。四位表演者,两男,两女。打鼓加唱歌的男生话多,负责与客人互动,活跃气氛。聊天,敬酒,邀请会弹吉他的客人表演。弹琴的男生比较冷静和沉默,只是默默弹琴、唱歌。两个姑娘在一旁，戴了花，戴了耳坠，彩彩的，喜气的样子。也许因为她们主要的任务是带领大家跳舞，她们嗑瓜子，看手机，偶尔加入合唱。活动的最后，大家围圈拉手跳舞，有布朗族舞，有傣族舞，有拉祜族舞。曲风轻快，舞步易学。客人在拍照，一位本地阿嬢笑眯眯地也在远处拍照，她是客栈老板的母亲。问她是不是发抖音了，她拿过手机给我看，已经发了。谁是被观看的他者？谁被谁所观看？

还看过当地朋友发的一个视频，饭桌旁，两位年轻人，一位打鼓一位弹吉他唱歌，客人低头各自在玩手机。发视频的朋友配文："欢迎远方的朋友来到景迈山，把歌唱起来。"另一个当地朋友评论说："都是玩手机，没意思。"

春节期间的一个晚上，我去一个酒店看表演，却被告知，今晚有集体活动，大家去篮球场跳舞了，没有歌手来。我竟有种莫名的喜悦。玩耍吧，愉快地玩耍吧。

相比正式的表演，我更喜欢在日常聚会中看到的一些即兴发挥。

芒景村现在流行放一个可移动的立式音箱唱卡拉OK。不论是哪个年龄段的人，不论是家庭聚会、朋友聚会，还是公众活动，都看见大家发挥着歌技，自娱自乐。做佤族流行音乐调研的瓦片猜测，立式音箱在少数民族地区的兴起，与短视频传播有关，在一个小的人群范围内成为时尚，相互模仿和学习。想了想，在寨子里几乎没怎么看到有人看电视，有空都在刷手机。

我参加过一个婚礼。吃完饭，晚上9点，活动刚开始。二楼有三位老人在表演，两位男性拉二胡，一位女性弹四弦琴，那应该是婚礼仪式的一部分。其他人围成几桌散坐着聊天。楼下要热闹得多，大桌子旁围坐着青年男女，但站起来唱歌的都是男生。有时一个人，大多时候是几个人一起唱，勾肩搭背很尽兴地唱，我仿佛置身于KTV里。朋友说，这是结婚前告别单身的仪式。虽然是年轻人的活动，但有年长的人也在一旁看热闹。

在户外的集体聚餐时也会唱歌。开饭前，几位大姐

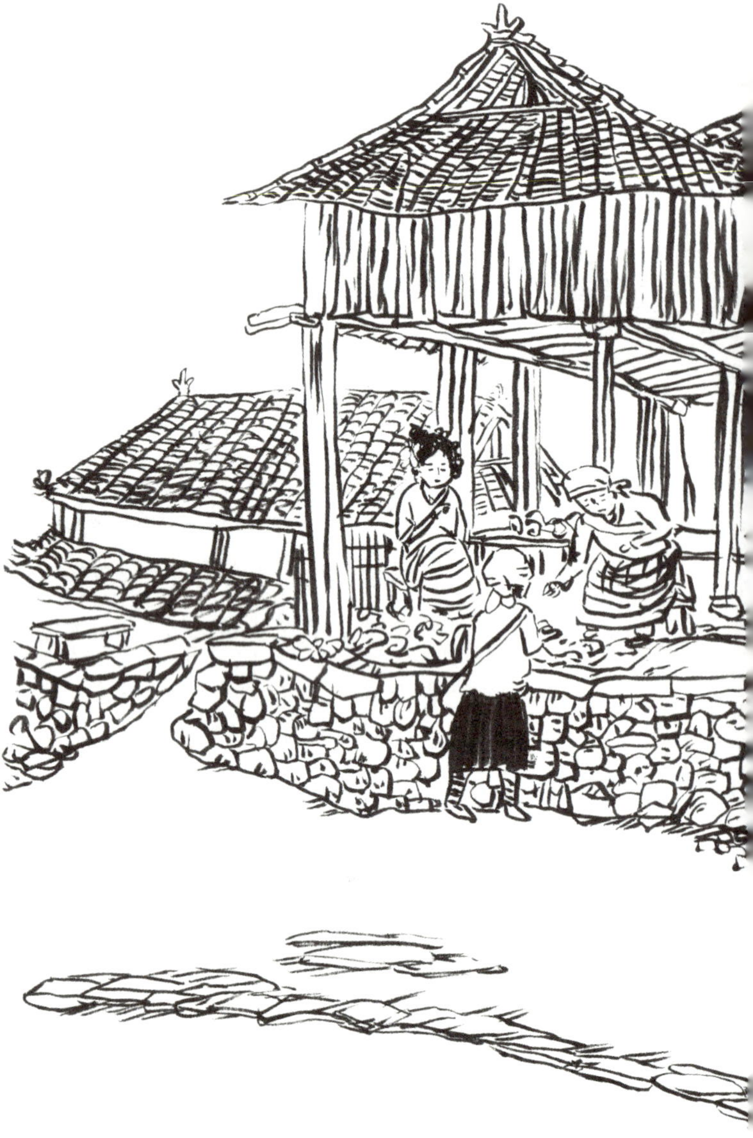

绘画 榆木先生

围着桌子，拿着话筒在唱《甜蜜蜜》《粉红色的回忆》等老歌。有表情，有动作，沉浸式表演。吃完饭，也是唱歌。一人唱，大家看。一位老年女性唱《我和我的祖国》，很深情的样子。有一天在村里听到喇叭里在放，不知是不是通过这个途径学会的。不论谁唱歌，不论是流行歌还是布朗族的歌，台下总有几个人挥动着几柄大枝的扇形绿叶渲染气氛。时不时还有人跑上去充当一下迷弟迷妹，给男歌手送上酒，给女歌手送上大叶子。

年轻人聚会时更多是伴着吉他和手鼓，随时想唱就唱。云南佤族KAWA乐队是雷鬼音乐风格，又有少数民族音乐的元素，节奏感很强，很受本地年轻人的欢迎。一起聚会时，不止一次地听到年轻人唱《干酒醉》。摇摆着身体，放肆着青春，旁若无人。

我不把这些时刻称为演出或表演，不为别人，那是自己享受的过程，舒展而松弛的状态。我在那些时刻，感觉到他们是在自己的主场。

学习，再学习

关门节到开门期间，有经文的学习班。学习的地点是哎冷寺（也称布朗文化园）的一间教室里。

有些灰白的黑板。木制的桌子和长条凳子，因为年代久远，已经包浆了。屋里还贴有毛主席像和马克思像。像是一个不那么现代的乡村学校。

用的是灯泡，灯光有些暗。

隔壁的一间房有火塘，空气里混杂着烟火味。

那天来的有六七个学生，四十到六十岁的样子，都是男性。

黑板一排一排，写着字母，写着读音。老师用木棍指着黑板，他读一句，大家跟着念一句，仿佛某个小学教室里的一堂语文课。

我看着字母和傣文有些像，便问他们学了这些文字是不是在西双版纳能看懂一些招牌上的文字，答案是否定的，他们纠正："这不是傣文，是经文。布朗族也是信仰佛教的。"大家学习的也主要是平时能用到的一些经文。后来请教了朋友，据说芒景村学的文字是古印度巴利文异化，主要用于记载佛经的经文。

有的人已经是第二次学习这样的课程。学过了用的时候少，一年忘了许多，又继续再学。

最开始有二三十人学，后来只剩下六七人。

看着大家一遍一遍地念，我想学习的动力除了希望有实际的用途，还有一些精神上的东西，情感上的东西。

> 今晚的月亮那么白那么圆那么亮
> 我仿佛能看到天上所有的星星
> 池塘中倒映着那弯明月
> 我又仿佛抓到了一条金鱼
> 谁敢把这明月和金鱼从我身边带走
> 无论天涯海角

我一定把它找回

晚上，芒景下寨的女性在学古歌。地点是在公房里。
是一家公益机构资助的传统文化传承项目。
两位老年的女性在教，二十多个年轻的女性在学。
歌词美，旋律美，大家的声音也很美。
一首清亮、无邪的歌。

还有一些实用技能的培训。
县人力资源中心组织过旅游服务行业的培训，学习内容有如何接待客人，如何端茶盘之类的技能。考试的时候，老师指定其中某一个项目，学员完成一个动作。一人考试，大家坐在下面围看，品头论足，欢声笑语。
还有茶艺培训。
如何为茶树修枝的培训。
因为申遗，还有人到镇上参加政府组织的村寨导赏员的培训。
各取所需，新旧文化共生。

孩子

"现在我们要重视小孩的教育,以前我们没读书,我们还能挖茶地,现在茶叶都已经到顶了,国家政策都已经关注景迈山了,不能再破坏这个环境了。以前我们如果不在茶园,我们要去打工,现在你不给小孩读书学习,去城市都去不了,去哪里都去不了。现在我们已经有40岁,以前如果你没有文化,你挖二三十亩的茶地就可以保持你的生活。茶地不能再破坏,然后要保留我们自己的自然和文化,还要不断地学习加工茶叶,推销茶叶。"翁基村的社长晒砍说。

我知道老一辈的村民识字不多,有时写个借条都有难度,他们很重视下一代的教育。没想到的是,学习知识与环境保护之间的联系。

芒景村有类似幼儿园的机构，但有条件的人家，会选择把孩子送到镇上或是县城去读幼儿园，一周接送一次。有一次遇到一位奶奶送三岁就去住校的孩子，奶奶说："孙子哭，我也哭。"

芒景村有一所小学。校舍虽然不豪华但敞亮，操场有极佳的视野，面朝群山与屋舍。

小学有一到四年级，但除非是经济不宽裕，或是特别想照顾孩子，很多家长选择把孩子送到澜沧县城，甚至是更远的普洱市去读书，那里的学习条件会更好。到县城读书的孩子，大多会有一个家庭老师照顾。十多个孩子，吃、住都在那位老师的家里，除了生活，老师还负责学习上的一些辅导。

在寨子里家长很愿意和我聊与学习有关的问题。某一科成绩不好，学习态度不积极，报考什么学校。

不论城乡，不论贫富，所有家长的焦虑都是一样的。

在芒景村，我参加过两次小朋友的生日。

过生日的小朋友会邀请其他小伙伴傍晚来家里吃饭。

一锅当地的传统食物鸡肉烂饭是必备的，鲜艳的大蛋糕是标配，还有零食、饮料、水果、其他的菜。

可能是因为过年期间，一个小朋友的生日多了些内容，有烤肉串和放烟花。

在寨子里，过年似乎意味着吃肉。屋檐下一条一条成排的腌肉，冰箱里囤着的大砣大砣的肉，那是过年的气息。男人腰间挂着刀，自带工具到吃杀猪饭的人的家里帮忙，整理猪肉，那是过年的气息。不管是杀猪饭、婚宴、还是村里集体的席，每天都有饭席，有时一家人还得分开各赴饭局，那是过年的气息。

大家常做的是烤肉，本地人自家养的猪肉香，现烤出来，热腾腾的，不需什么调料就很好吃。有时在案板旁，烤出来的肉刚切好，还没放进盆，手抓一块吃，就更香。有点像小时候守在厨房里，菜还没有上桌就已经吃饱的感觉。

有一次去吃席，桌子上摆着好几碗不同种类的辣椒酱，我说好吃，下饭。三马说，以前吃的东西少，那就是菜，上山干活就带上酱。

那天过生日，吃完烤肉串，孩子们到楼下放烟花。我和朋友站在二楼的阳台聊天。玉糯说："以前寨子里穷，一年只能吃一次肉。"又说，"那个时候，水果是什么，不知道。"

楼下的孩子欢闹着，他们不曾体会过那样的日子。

可能是与外人接触多，芒景村的孩子大多不认生，愿意交流，愿意说话。

一天走在路上，迎面走来的八九岁模样稍稍有些胖的小姑娘认真地看了看我遮阳帽下的脸。

"我认识你。"

"……？"

"×××过生日的时候你去了。"

朋友的儿子过生日，我去凑了热闹。当时来了近二十个孩子，我没记住她。

和小姑娘聊了几句，有没有吃饭，是不是快放假了。

"假期有什么计划吗？"

小姑娘晃动着两只胳膊："我要减肥。"

我："！……"

认真鼓励："你是要运动吗？多跑步啊。"

小姑娘又比划了一下："我要跑步的。"

操心的我又问："有同伴一起吗？"

她指指前面走路的小姑娘："和我穿同样校服的那个和我一起。"

然后蹦蹦跳跳地走了。

有一次过生日，遇到一位学日语的小姑娘。小姑娘三年级，不确定是在寨子里读书，还是在县城读书。喜欢动漫，给我讲她喜欢的动漫片，我就乖乖地做一个好学生，接受她的普及。她自学日语，给我看写在笔记本上的日语歌词，写得很规整专业的样子。她会在网上搜索cosplay的衣服多少钱，想做直播赚钱，买衣服。虽然是在村寨里，孩子们有他们探索的方式。

春茶季，一半诗意一半烟火

4月到6月，空气里都是茶叶的味道，也挥洒着劳作的辛苦。

春茶季是一年中最忙的时候。白天采茶，晚上炒茶。嫩叶发得多，得赶紧采，不采就老了。茶叶采下来，得当夜就炒，不炒就蔫了。

往往是全家上阵。老人也会去采茶，年轻的小伙子光着膀子，在炒茶锅面前辛勤劳作。

靠天吃饭，大家对季节敏感。第一场春雨预示着春茶季的开始。小树茶先冒芽，然后古树茶才登场。

太阳大的时候就晒茶叶，也会被下冰雹这样恶劣的天气所困扰。

大家忧天气，忧生产，忧销量，忧人手忙不过来。

有多忙呢？

看到朋友圈里茶山的朋友发文。"今晚给家里人轮流打了一遍电话,无人接通。姨妈打了过来说:'啥事,身体出问题啦?'我:'无啊,想你了呗。'姨妈:'下个月再想,正在做茶呢,再见。'啪,嘟嘟。我……"

外人通常把春茶想象得很诗意,茶山的朋友自己也会在朋友圈发诗意的文案。

"茶是春天的仪式感。"

"把春天炒进一口茶里。"

更多时候,朋友圈记录的是采茶季劳累、单调而重复的工作。

"春茶就是,采茶,制茶,品新茶。"

"白天采茶,晚上炒茶。"

"有妈妈帮忙就没有那么累了。"

"多劳多得。"

"古树(茶)上市了没有人帮忙(采),放老太可惜了。"

"茶林中穿梭是考验我们茶农的摩托车技。"

"我这胖嘟嘟爬茶树有点吃力。"

"手工茶也做,机器茶也做,最忙最累的一晚。"

"今晚又要加班到一二点了。"

"早出晚归。晚睡早起。"

"每天反反复复。每天反反复复。"

喜欢在春茶季,看到茶山的烟火气。

绘画 姜丽

第三章 与自然共生 与村寨共生

普洱市生活着26个民族，彝族、哈尼族、傣族、拉祜族、佤族是五个主体少数民族。

澜沧县为拉祜族自治县，以拉祜族文化为其主打的民族文化。

景迈山有两个行政村，景迈村以傣族为主，芒景村以布朗族为主。

交通上，景迈村靠近惠民镇，更有优势。此外，景迈村拥有更多的古茶园面积和古茶产量，茶叶品质也更好一些，价格更贵一些。房屋气派一些，村寨布局规整一些。

十多年前，就有学者分析过两个村的竞争关系。芒景村强调其祖先帕哎冷带领布朗族先民迁徙于此，发现和驯化了茶树，景迈村也有同样的叙事，只不过他们主角是傣族的祖先召糯拉。但两个村寨所依赖的史料均被毁或遗失，他们对邻村茶祖的权威性并不认同。茶祖，不仅是关乎民族荣誉，也是进行品牌经营的无形资产。随着茶叶经济的发展，村际关系与族际关系交织在一起，民族荣誉和经济利益的竞争因"茶"而紧密相联。[1]

面对市场的发展与申遗的契机，处于地缘与资源劣势的芒景村，更重视打造自己文化的独特性，也表现得更为

---

[1] 宋婧.复杂的馨香：茶经济发展中的芒景村布朗族与景迈村傣族[J].西南边疆民族研究，2012(01).

亮眼。

从对外的角度来看，在与附近的茶村，及更远的其他茶村的竞争中，文化可以作为资本，提升识别度和竞争力。同时，强调文化也是村寨对内的调适，在与市场对接的过程中，一方面制定新的规则，另一方面利用文化形成道德的约束力及内在凝聚力，以保证茶叶的品质，维护茶叶经济及社会的长远发展。

我努力去理解行动后面每个个体复杂和多元的动机，但也真切地感受到村寨作为命运共同体齐心协力的必要性和集体所付出的努力。

以村寨作为一个整体去打造生态茶，个体需要维护整个村寨的声誉。

以村寨作为一个整体去打造以茶为主题的地方性文化，祖先与茶紧密相联，布朗族与茶紧密相联，芒景村与茶紧密相联。

这是地域身份和民族身份的再认知和塑造。

这是个体的命运，是一个村寨的命运，也是一个民族的命运。

一座茶山，两个村寨。

但景迈山申遗，需要打造两个村子的统一叙事。

芒景村曾经并不认可用景迈山囊括芒景茶山的命名办法。[1]两个村曾经是分开表述的，在官方之前出版的画册里，还会看到"景迈芒景千年万亩古茶园"这样的表述，但现在，大家都接受了景迈山这一说法，同时强调，景迈山包括芒景村和景迈村两个村子。

两个村寨，两个民族，成为命运的共同体。

"我们看到山，想到是风景有多美。而当地的老人想到的是，要走多远，带多少干粮。"坐在寨子里，看着对面的山，朋友说。

我想，很多当地朋友看到山，想到的会是茶叶这份来自山林的馈赠吧。

我还想，很多地方性知识是具身性的、隐性的、未经提炼和未曾言说的，甚至当地人自己也未必清醒地自知。

而申遗的介入，不仅是对照国际的申遗标准提炼茶山的价值，对地方形象进行描绘和提升的过程，更是一个实地打造的过程，让村寨看起来和文本所诠释的更加一致。

---

1 宋婧.复杂的馨香：茶经济发展中的芒景村布朗族与景迈村傣族[J].西南边疆民族研究，2012(01).

一些原本已内化与自然共生的理念，转化为实际的行动。再造的过程让当地人重新认知了茶林的价值，人与自然的共生关系得以加强。

本地人体现出了学习能力和适应能力，一方面是对地方性知识的强调，一方面学习科学的理念与技术，既是知识上的对接，也是话语权的被肯定。

文化的变通，是人的变通，他们也是改变的参与者。

地方性知识的再认知和传承，不仅是传统的延续，更是在原有基础上的创新和变通，是过去与现在的互动，是此时此刻的选择与塑造。

被打捞的记忆与被书写的地方性知识

"和并不复杂的营造技术相比,布朗传统民居营造仪式要复杂和讲究得多,村民很严肃地认为仪式不对会带来不祥。负责仪式的达摩重要程度甚至超过了负责营建的大师傅。整个营建的过程,即是与山林、树木、土地、寨心商量的过程。(澜沧)"

从芒景村回来后,负责《布朗族传统民居营造技艺》省级非遗项目申报材料撰写的施宇峰老师在朋友圈发了这一段话。我评论说:"感觉有了这个解释,这件事大概率成了。"

我与施老师和县文化馆非遗办的两位老师一起去南海明书记家收集资料。

书记家的茶室很大,背景画是芒景村的哎冷山,清晨的柱形光芒打在茶林里，很梦幻。灯光从背后照着巨大的照片，像是商场里的那种宣传画，衬托着整块木头做成的巨大茶桌，有气派的商务感。

访谈直接进入状态。施老师是负责人，南书记介绍基本情况，文化站的两位老师主动承担了泡茶服务。访谈了一段时间后，南书记通过电话联系了寨子里的另外一位大叔过来，他有建房子的经验。南书记给大叔倒了一杯泡酒，递上了一支烟。

南书记不时被手机打断，处理事务。后来离开了，也许他有更重要的事情要忙。

施老师根据自己以往的经验启发式地提问，时常听到"有没有""会不会这样"一类的提问方式。他一边问一边记录，有时确认细节，有时完整地复述一遍。

"像他们傣族有些地方，男柱要倒向东边，女柱要倒向西边，是两个方向。"

"我们这边就是一个方向。"

"都是朝东，是不是？"

"你看我在壮族地区，他们盖那个房子，原来我觉得盖房子根据自己家地方的大小来决定房子盖多大……所以他跟你们家财力和地盘大小没关系,就是你卜卦卜到这根料的多长来决定房子大小。像我们这里有没有这种仪式,比如说我看中很大的木料,我卜卦,如果没同意就做不成,有没有这种情况?"

"那个房子要盖多大,要看你(是不是)这个寨子的头人了。如果不是头人,一般的人不能盖瓦房,不能盖楼房。"

大叔听得很专注,侃侃而谈。

那些经验泉水一般涌现出来,自发的,一波一波的。

"懂多少说多少,不懂的我就不说。"

他一边讲一边回忆,掏出自己所知道的全部,有时不需要提问。

"小时侯""以前""解放前",他不时地提及这些词,沉浸在过去的生活回忆里。

施老师在记,文化馆的老师有时追加提问,有时补充回答,大家都成了学习者,很认真地在听。

施老师作为撰写材料的专家,他的询问与记录将转化为申请书、项目、资金、行动。本地人个体的知识和经验在经过梳理后，将转化为系统化和标准化的知识表述。也许会出现在博物馆的展板上，出现在书里，也许有一天，又转化成为村民自己的表述。

除了传统，还有一些认知和实践，是在生活中，是在此时此刻。

在神灵的护佑下

芒景村有自然崇拜信仰、鬼神信仰、南传佛教信仰、也有祖先崇拜信仰（祖先崇拜会在下一节有更具体的描述）。在日常实践中，几种信仰常常又交织在一起，没有那么清晰的界限。比如一个活动，可能念的是佛经，做的是鸡卦。

辽阔天地，密林深处，人对神灵有敬畏，做事有准则。而神灵和祖先的护佑也为村寨建立起一种秩序感和安全感。

信仰一定有其感性的一面，而不是绝对的理性。

信仰未必是理解，有时体现在日常生活的习惯与行动中。

芒景村的每个自然村都有寨心。[1]

---

[1] 云南很多少数民族的村子都有寨心。寨心被看作是村子的心脏，通常以村子中央的一株大树、一根木桩或土坯、石头作为标志。

"寨子里发生什么重要事,会到寨心去说一声。比如说我要结婚了,要专门请一个人,比如说我大伯去告诉它,谁家有人要结婚了,会邀请很多人,可能寨子里会很热闹,可能会打扰你。"

"在我心里,寨心就是值得我们尊敬的一个地方,就像是一位老人一样。爷爷奶奶那一辈有这种东西,爸爸妈妈那一辈有这种东西,就像家里面的一部分,让人安心。"

傍晚的时候,朋友抬起头,看着天上的蜂群说:"这是蜂王树的蜂,回家了。"

蜂王树是一棵大榕树,枝叶舒展。初春的时候,成群的蜜蜂就来了,这也意味着春茶的季节到了。蜜蜂安家,说明山里生态环境好。蜜蜂来得多,预示着会是茶叶丰收的一年。保护好了蜂巢,就是保护好了寨子。

蜂王树上有六七十个蜂巢,但大家把这棵树奉为神树,有再多的蜜,也不会有人去采。

在寨子里，常常会看到用竹条编成类似中国结图案的装置。在路边，在房屋的屋檐下，在寨心旁。朴素、简洁而又显得有力量，和山林的氛围很搭调。那是大寮。

有活动时会看到有人在制作大寮。2022年春节，芒景上寨的沙腊房[1]完工，村民们在一起聚餐，有人做饭，有人在一旁编制大寮，两个群体各忙各的。

做大寮的大叔说，几个方位都要放一个，向神灵祷告，获得许可："我们今天在这里娱乐，可能打扰到你，但我们只会在这有限的范围内活动。"

有时看到很大的大寮，在路边。

我向当地朋友请教。

"这个是洗寨子时候，防那些野外的鬼。"

"多长时间洗一次？"

"洗寨子不能乱做，没有必要是不做的。"

"什么情况下要洗寨子？"

"发生了不好的事。比如寨子里经常出现一些火、水等灾害，非正常死亡的人增多等事情。觉得可能有什么不吉利的东西。"

---

1 沙腊房带有公益性质，以前是给过路人休息的，现在主要是村里宰杀牲畜的地方。

绘画 姜丽

"我还以为就像我们洗一个东西一样,没事就洗洗干净。"

"不能,这些东西不能乱做。"

翁基的寺院有棵翠柏,形态端庄丰盈,据说有2500年的历史。

寺院在高处,是俯瞰村寨的好地方。

寺院于2005年重修,红金两色为主,还专门请了佛像。

近些年由于僧人少,云南边境的一些村寨有寺院但没有僧人,便会从东南亚请来僧人,民间称他们为"进口佛爷",有时当地人也会说,境外僧人来只是履行职责,只想拿到钱,过几年就走了。现在管控严,很少有这样的情况了。还有一种被称为"电召佛爷",没有僧人的村寨遇到一些需要僧人主持仪式的活动时,通过电话邀请佛爷来做活动。

翁基村之前曾有过佛爷,是从澜沧县城附近请来的。

佛爷很年轻,不到30岁的样子。长相清秀,右眼有一点残疾。

在翁基的展览室里，有一段5分钟关于佛爷的短视频。主题很佛系，画面很佛系，音乐很佛系。而我见到的佛爷，更生活化一些。

进到寺院，佛爷正在打鼓。正是关门节期间，每隔15天都要举行一次赕佛活动。晚上要在寺院敲锣、打鼓、跳舞。佛爷站在台阶上，象脚鼓斜挎着，在试鼓。

晚上赕佛，我们在寺院时闲坐。有十多个人来了，院里摆出小桌子、小椅子，堆放上零食、啤酒、自酿的白酒。聊天、唱歌、打牌，时不时地有几个人起身去，围着圈，敲锣、打鼓，在简单而重复的旋律中，跳上十几分钟，再回到桌前围坐。

在两个圆桌旁，我们围坐一圈，佛爷也在其中。他没有和人说话，戴着耳机的他一直在看手机。偶尔点一支烟。隔得有点远，我不确定他有没有喝酒。在喧哗的人群中，沉默是他的分寸感。

再晚些，我们去其中一户村民家吃烧烤。佛爷也来了，仍然专注于手机。

第二天清晨，迷迷糊糊地听到寺院的喇叭里传出佛爷念经的声音。从二楼看下去，几位女性从寺院回来了。穿了正式的民族服装，在小巷两侧绿植的映衬下，特别鲜艳，是慎重的仪式感。

佛爷后来离开了翁基村，寺院空了。寨子里的朋友说，有时他们做活动还是会从附近的村寨请僧人过来。"我们觉得请僧人过来做的话会比较干净一点，因为他们学过，比较懂那些方面，让他们来做的话会比较放心一点。"

村里有一位经师康朗丙。

通过经师，看到寨里的生活，看到人的生老病死。

在他的家里见到他三次。

第一次，新婚的朋友带着妻子来，请他念经，赐福。

第二次，几个朋友去拜访他，向他请教一些当地的知识，比如寨心旁边要种几棵树，各是什么树。

看得出他很乐意传授他所学的东西。他说有二十多个人徒弟了，会念经文的有八个。

第三次，正赶上他要出门，有一户人家有人生病了，他要去念经。又说，明天要去另一家，那户人家短时间内出了几次车祸，请他去念经。

  在最后一次见到他的几个月后，老经师去世了。

祖训的重生

"那不是迷信,是方法。"

这是一次做村民培训,讨论到少数民族地区关于山神、水神等信仰时,一位专家说的话,做社区传统文化保护的阿布告诉我的。

因为茶,芒景村的朋友与祖训有了更为紧密和深刻的联系,祖训逐渐坚定、清晰起来。那个遥远的祖先,镀了金,加持着茶村今日的子民。

有关布朗族的祖先帕哎冷的记载是这样的。最晚在公元十世纪,布朗族先民已经迁徙到景迈山并发现、驯化、栽培茶树。布朗族的首领哎冷率领部落成员一路南迁,最后发现"来干发"(今芒景一带)就像一头肥胖的大象,土地肥沃,是繁衍生息的好地方,就此安营扎寨。传说哎冷带领部落迁徙的途中有人发现茶这种植物能治疗身体的病痛，此后便对茶进行了种植及利用。后来，车里（现西双版纳景洪一带）的傣王召勐巴拉纳西将七公主南发来嫁给哎冷，并赐予他管理地方事务的官职的头衔"帕"，布朗族后人奉帕哎冷为茶祖。[1]

帕哎冷留下遗训。"留给你们牛马，怕遇病而亡；留给你们金银财宝，怕你们花光；就留给你们这些茶树，子孙后代才会取之不尽用之不竭；你们要像保护自己的眼睛一样爱护这些茶树。"这是流传最广的版本。

在当地文化精英苏国文的书中，记载的是："我想给你们留下金银财宝你们会吃光用完，要给你们留下牛马也怕遭自然灾害死光，就给你们留下一块'玉'（肥沃的土地）和茶树吧！人家村子烂了，你们也永远不会烂，你们在我的火塘下面土地上繁衍生息壮大。"[2]没有最后一句话。

在普洱市的官方媒体报道中，看到的一个版本是："吾将去，留何物？牛羊崩，金银无，茶最佳，世代传。"也没有最后一句话。

---

[1] 苏国文.芒景布朗族与茶.云南民族出版社，2009.
[2] 苏国文.芒景布朗族与茶.云南民族出版社，2009，36-37页.

而"你们要像保护自己的眼睛一样爱护这些茶树"这句话,让布朗族祖先的生存智慧上升成为有意识的生态保护行为。

媒体提到景迈山茶林的保护时,有关芒景村的部分,会强调这个祖训。对于官方来说,这是值得颂扬的少数民族的生态智慧与生态伦理,同时,又与当下倡导的"绿水青山就是金山银山"的生态保护理念相契合。

对祖训的再认知,有着复杂的背景,是一个再塑造的过程。

在翁基村生活了多年的唐毅斌观察,帕哎冷的祖训被强调,是多年前有外来资本想购买芒景村的茶地的时候,以被称为"布朗王子"的苏国文为核心的当地文化精英提出来的。

"卖茶地就是卖你的祖先。这个是我们祖先留下的东西不能卖。"据说,苏国文开会时曾这样讲。

"这话说得很明白,我们是布朗族,我们有共同的祖先,我们是共同体。他以这样的办法对抗资本的力量。"

唐毅斌这样理解。

金银财宝和牛马都不可靠，只有土地是可靠的，只有茶叶能实实在在延续下去。祖训所说的道理，在当下仍然适用。

芒景村只有不大的一块地卖给了外面的公司。现在茶树值钱，不卖地，不租地，自己管理茶地，是大家的理性选择。

有人担心外来的人不会善待那片土地。"古树茶，它有自己的节奏，如果外面的人来承包，他们并不去研究节奏，也不关心节奏，关心的是三年五年以后我能不能回本，我就只管我这几年怎么样赚钱。"

有人考虑的是商业的规则与运用。"包出去以后如果我们自己不去管理，产品就变成假货，我的品牌就坏了，就不好了。"

这也许只是村民自己的看法，有些承包了茶地的公司也会认真管理以保证茶叶的品质。但祖训的加持，让村民守护自己的茶林，更为理所当然和理直气壮。

为了体现布朗族与茶的关系，一系列相关的建筑、活动和仪式在芒景村重新恢复起来，与茶祖帕哎冷的连接更为具象化，外来人对地方文化的肯定与本地人原有的内在情感交织在了一起。

2006年，芒景村恢复了茶魂树的传统。

布朗族的传统里，每一块茶地举行仪式后种植的第一棵茶树被命名为"茶魂树"，旁边有一根梨树桩、一个竹制的供篮，一棵"精杆桩"（仙人掌）和鸡蛋花树。每年开采春茶之前，都要带上米、烟、酒、茶等物品祭祀茶魂树，将祭品放入神桩上的竹供篮内，念经、求茶魂保佑。由年长者采下茶魂树的第一把鲜叶，再采摘其他茶树上的茶叶。[1]

现在很难认定第一棵种下的茶树，便选择最大、最健康的一棵茶树为茶魂树。

"茶魂树"标志着这块茶地是有主人的，主人不在茶魂树在。在苏国文看来，神树在那里，可以约束大家，大家不会乱来，不得乱砍滥伐，不得随意采摘茶叶。

茶魂树还起到一种道德的约束力。前书记南康一直

---

1 苏国文.芒景布朗族与茶.云南民族出版社，2009，第12页.

强调做茶要讲信用，不能掺杂外面的茶，不能用生态茶冒充古树茶。有时罚钱会导致干部和村民关系紧张，这就需要恢复部分的布朗文化，比如采春茶前祭茶魂时自己去发誓，还有互相不能偷茶。[1]

2010年，哎冷寺在芒景上寨建成。

2010年，芒景村重建了茶魂台，并恢复了祭茶祖的仪式。

傣历6月（一般为公历4月），是傣历的新年，大家更为熟悉的名字是傣族常用的"泼水节"。芒景村则称为"山康节"（也称山毚节）。除了堆沙、念经、聚餐等活动，最重要的内容是呼唤茶魂，祭拜茶祖帕哎冷。

祭茶祖的时候，主持活动的人会提醒大家祖先的遗训，祈祷村民身体健康，感谢祖先永远守护这一片净土，让大家世世代代都有吃穿。遗训所强调的爱护自然的理念，与芒景村发展生态茶，申遗所强调的对自然环境的保护，及国家建设生态文明的大背景相契合。

近几年，许多游客会特意来参加"山康节"，一些茶商还会在这时举办"茶山行"活动。虽然有村民觉得现

---

[1] 郭静伟.嵌入在社会文化变迁中的普洱茶[D].云南大学，2013，第86页.

在山康节的娱乐性增多了，少了些神秘和神圣的气氛，但更多的村民觉得这是认识更多的人，卖茶叶的机会。

在茶业经济的推动下，很多产茶的地方都有祭祀茶祖的仪式，诸葛亮、神农等人被不同的地方视为茶祖。而芒景村强调祖先帕哎冷与茶的关系，把自己本村的活动演化为向外展演的平台，在恢复本地布朗族文化的同时，也让布朗族与茶的关系，芒景村与茶的关系不仅局限于史料考证，而是通过仪式将布朗族的祖先发现了茶，布朗族与自然和谐共处这一表述具象化，更具说服力和正当性，以提升地域的竞争力。

芒景村的茶魂台在山林的高处，沿着茶林中的小路慢慢走上去，单程需要三四十分钟。隐在山林之中的茶魂台由石阶和一组木柱组成，在幽静的树林里有一种素静的神圣感。但对于有些游客来讲，有些过于朴素，如果时间紧张，还远了一些。"茶魂台不好看，而且也不方便，它在山顶上，客人上去一趟的话下来就做不了其他事情了。"

绘画 姜丽

第三章 与自然共生 与村寨共生

组织游客从山下的惠民镇到景迈山一日游的朋友说。

2016年，在政府的规划及山下的一个茶庄园的资助下，芒景下寨新建了一个茶祖庙。

茶祖庙建在高处，抵达前需爬一段石台阶。茶祖庙体积大，红色及金色为主的色调更显出庙的恢宏威严。庙里供奉有帕哎冷的塑像，高大威猛。外面的广场上供有一尊佛像，体积比茶祖的塑像小。有一次和西双版纳的茶村的几个朋友一起来茶祖庙。他们也是布朗族，但并没有像芒景村一样崇尚茶祖的象征意义，寨子里保留了较多的佛教传统，一位朋友感叹道："佛像怎么可以比茶祖的塑像小呢？"

在当地朋友眼里，茶魂台的神圣性不可替代，一般他们不会去茶祖庙。

茶祖庙的好处是在高处，风景好。有时会看到本地的年轻人上去，在露台上站一站，看一看。对客人而言，这是一个方便的去处。

我问一个女孩：

"你会怎么介绍茶祖庙？"

"我一般不介绍,因为那是新的景点,客人自己看,他们问啥我就说啥。"

"客人一般会问什么问题?"

"茶祖是谁,这里是什么时候建的之类的。"

对我而言,茶祖庙虽然庄严,但也显得生硬而冷清,我还是喜欢在树林深处的茶魂台,又神圣又让人亲近。

2021年,茶魂台更换新的柱子。我看到照片,有人手持经书在念诵,有人手持点燃的蜡条,神态里有一种被护佑的安宁和喜悦。

忍不住猜测,芒景村的朋友们站在茶魂台面前的时候,会想什么。是感激茶祖帕哎冷吗?会想借助祖先的力量求得风调雨顺,茶叶丰收吗?会因为祖训而对自然更加敬畏吗?

我和朋友聊。

"茶魂台代表茶祖帕哎冷。我们祭茶祖并不只是祭茶这一个东西,我们是信万物的。"

"茶魂台又代表着子子孙孙,不只是我们能看得到,我们的后代,我们的儿女将来也会去那个地方祭拜,就像我们的前辈教我们的那种。对,就也会一直这样传承下去。"

"不要去破坏大自然,这个是我们自己要守我们的本,就是自己的一个规矩嘛。老人他们都已经做下来那么多年,然后你不去继承的话,你不去做的话,就什么都没有了,就只是茶叶买卖,我们就没有自己的文化。你一个村寨,你也不是在城市里,你如果一个村寨没有自己的文化,你到底是什么人?我们也要生活,我们也是用这个产业来维持我们的生活,所以大家也要去保护它,因为本身就是经济,你说要没有茶叶的话,哪来的房子哪来的车,生病用什么……茶魂台对于本地人还是不一样的,像我带人过去,有人就随意地站在台子上,我觉得这个人太不礼貌了,本来就是我们祭祀的地方,你就算再怎么无知,再怎么不了解,也不能喧闹,也不能站在台子的上面。"

和当地朋友去过两次茶魂台,喜欢他们对茶魂台的尊重浸在骨子里,流露在日常生活中。

一次和几个年轻人去看茶魂台,顺便做个野外茶席,喝茶聊天。我们几个外来的人想带个户外的小气炉,烧水泡茶。倪少说，不行，容易引发火灾，于是我们换成了暖水壶。倪少负责带茶具，单手拎着深棕色的陶制大茶壶，挎包里装着几个茶杯。他穿着蓝色的麻料布衣，走在茶林里，安然闲适。到了茶魂台，看说四周空旷，想请带乐器的朋友一起喝茶，玩音乐，倪少说，不行，这个地方要保持安静。我们尊重他们的意愿，另寻了一处地方。为他的坚持而开心。

还有一次是在春节。寨子里很热闹，一场宴席接着一场宴席。下午，我和而川决定去山上走一走，静一静。山上没有人，我们在茶魂台附近的草地上躺下，没有说话。四周安静，眼睛的上方，大树的绿叶被阳光照得通透发亮，微微摇晃。那一刻，我与这个地方，心意相通。

好生态与生态茶

"要茶树的来拿了,改造挖丢一半。"芒景村的朋友发朋友圈,并配了一个笑脸,没有特别沮丧的样子。

寨子里的朋友把茶分为两类,古树茶和生态茶。他们把后期栽种的茶树叫作生态茶而不是台地茶,近些年,也陆陆续续在进行生态茶的改造。

八十年代和九十年代,政府开始推广茶树的种植。随着普洱茶经济的兴起,2000年以后,大家开始自发地种植茶树。

要提升台地茶的品质,就需要对茶园进行改造。

改造不仅是简单地不打农药,不施化肥。

为了给茶树以充足的养分,需要减少茶地里茶树的数量。每一棵的量未必减少,但总体的茶叶产量会减少。大家慢慢改,今年改一部分,明年再改一部分。

要合理修剪，合理采摘。

茶种在山地上，现在还把一些阶梯明显的台地改造为坡地，并种植其他的树，为了给茶树遮荫，也体现景迈山申遗所强调的林下种植的传统。

要让生态茶的茶林慢慢也像古茶林，更自然，更原始，更生态。

澜沧县曾在2009年左右推行生态茶林的改造，茶树与茶之间的种植间距为2米×2米，每一亩台地茶的茶园里要种植38棵树，所植树种至少在5种以上。[1]

刚开始的时候，大家并不愿意。

尼约回忆："我是队长，这个过程我很清楚，当时的难度很大，生态茶改造，反反复复地开会，群众不接受……改造了两三年，老百姓说这是破坏。10棵留2棵，政府给了补助，当时说生态茶会更好，但大家不相信，怎么说老百姓都不动……2009年7月18号，政府拿我开刀，先砍我家的，把我家改造的相片贴出来，老百姓还是不动。后来我家30多亩都砍完了，村民才动起来。过了几年发现改造了确实好，茶树之间的距离大一点，种上树，茶树发芽

---

[1] 郭静伟.嵌入在社会文化变迁中的普洱茶[D].云南大学，2013，第90页.

的芽头都要肥壮一些，而且品质好，现在不要他砍都自己砍了。当时的任务很重，茶树砍了，又拉树苗过来，我当时就骑着摩托过来督导，种的大多数都是樱桃花。"[1]

曾经是村医的苏文新是芒景村最早一批进行生态茶林改造的人。

一位茶叶公司的负责人王力赓说："我当时找苏医生，因为他是医生，他对健康很重视，其次他很容易接受新鲜事物。苏医生他本身要行医，他是家里唯一的劳动力，他家的茶园疏于管理，我说改造一下未来会更好。砍茶树的时候，他的爱人是流眼泪的，后来他就不让她爱人去茶地，花了两三年的时间来改造。"[2]

十多年了，苏文新茶林的茶树已是舒展的、自然生长的状态，因为喜欢吃水果，他种上了李子、橘子、芒果、柿子等果树，茶林高低错落。和他走在茶林里，像是走在他的天地里，角角落落他都能讲出故事。

他说，改造茶林需要有远见，为明天和后天，要愿意牺牲当下的利益。

又说，需要动脑筋，不是拿刀拿锄头就去做了。如果

[1,2] 茶业复兴编辑部. 景迈山，这个一草一木都有灵魂的地方，现在灵魂人物却带头反省，2017-04-26, https://mp.weixin.qq.com/s/mr8JWx9VIuHuDts419KouQ.

绘画 榆木先生

是一排一排地死板去规划，有时不能很好地把空间利用起来。不浪费土地资源，又要让茶树有宽松的生长环境。该挖的就得挖，该丢的就得丢。"它不合理，再大的树我都挖，因为它在的地点不对。"

八十年代，茶地曾经也是用除草剂等农药的。

"我们如果是卖鲜叶，又壮又漂亮，你说为什么当时会用农药化肥，一个是产量高，还有是不生虫。"

有朋友形容，那个时候，连空气都是臭的。还说，因为用农药，人瘦，气色不好，容易生病。

后来，寨子里开始对农药的使用进行管控。

进景迈山的入口处有一个关卡。以前，那里的主要功能是防止外来的茶叶进入景迈山。

每个寨子出钱，请人做监督。

"一拿进来马上就保管，把你的茶叶倒在地全部放火烧。"朋友说。

据说，2013年，曾一次性没收了假茶2000斤。

后来这个关卡，也用来检查不让把农药和化肥带进村子。

除了关卡的检查，听本地朋友说起过不同的方法。会在开会时直接点名，谁家用了农药。会罚款、断水停电，甚至撤销营业执照等。

而现在，生态茶成为大家的共识。

改造生态茶政府会给一定的补助，但钱不多。大家说，肯定不是因为补贴，那只是暂时的，要长久来看。

以前打药是为了茶树不生虫。不生虫，叶子就好看。现在茶树不容易生虫，有人推测，以前种农作物多，森林受破坏，现在生态恢复得好。

现代的技术很容易查出来有没有用农药。"你打药，虽然它的外观可能会漂亮，但别人拿去检测就检测出来了。"

以前大家只卖鲜叶，没有意识。现在，对茶叶的认知加深，知道茶叶要品质好，才能卖得出去。"别人去加工我就不管了，我自己加工的我就要做更好的茶。"

寨子里每家的茶叶价格差别不大，同样类型的茶叶，如果能把品质提高到一个明显的高度，价格就会好一些，卖得也多一些。

"今天你在这里喝这个茶,你可能还要去其他家喝,又不是我在这里说好,你喝就跟我说的一样,你们都是自己喝。"

而生态茶的改造,能让茶叶的品质得到提升。有时大家相互带动。"今年我们家的茶做出来了,我就带点来,约起来喝茶,然后别人觉得这个茶味道好,可能他就改。"

好的生态造就好的生态茶。

反过来,生态茶也能促进好的生态。

曾经的作为先进的理念推广的速成高产的台地茶,讲产量,讲效率,讲规模化。而现在做茶,讲品质,讲口感。大家的理性选择,是市场需求与要求,传统的生态智慧和生态伦理,与当下生态保护理念的叠写。

合作社的合作与不合作

在寨子里常常看到挂有某某合作社的牌子。合作社的负责人就是本地的人。

有执行规矩很严谨的合作社,发现成员把茶叶卖给了其他人就停止合作。但更多时候,合作社像是保持松散关系的共同体。

合作社需要有能力帮村民卖茶,但自身也是有好处的。作为个人不容易争取到的项目,合作社会容易一些,比如从银行贷款,比如政府的扶持项目。合作社和顾客打交道时,看上去体量更大,议价能力也就增强了。

村民也需要合作社的帮忙,比如通过合作社开发票,所以平时还是要与合作社打好关系。

由于价格有所波动,有些人的茶叶并没有卖给加入的合作社。

"就算你加入了，你不卖也无所谓，就比较松散。"

"有些在名单里面加了几十年的，一次茶叶都没卖的。"

我问，如果卖给了别人，下次会不会就不收你的茶叶了。大家好像不是很担心。

"主要是乡里乡亲的，有些还是亲戚，也不好意思太严格。"

"不会，他/她需要叶子。"

过节，集体事务

茶山不仅只有芒景村。

要突出特点，就要展现本地的文化，特别是布朗族不一样的文化。

于是，要热热闹闹地过节。为了吸引更多的人来，也有被激发的自豪感。

过节，不仅是个人的事，更是大家都要参与的集体事务。

关门节与开门节是傣族、布朗族、德昂族、佤族等信奉南传上座部佛教民族的共同节日，关门节的时间一般在公历的7月。关门节期间，嫁娶、盖房子等活动都不能开展。直到三个月后的开门节时，人们才恢复关门节前的一切正常活动。

在关门节到开门节的三个月里，每隔15天组织一次赕佛活动。每个自然村分成几个小组，每个小组轮流，负责自己所在村寨的做饭及其他相关事务。

2019的关门节，我在芒景上寨。节日开始的第一天较为正式，在哎冷寺有念经的活动。一大早我便约朋友去看热闹。她说家里事多，要留在家里干活。我也知道，她和丈夫不太热衷娱乐活动，平时的寨子里的文娱活动很少参加。但她补充道："我记得我们小组负责活动是哪一天。我会参加。"对她而言，首要考虑的是作为村小组的成员之一，对集体事务应尽的义务。

12月，芒景村过丰收节。丰收节是寨子里原有的习俗，在农闲的时候，感恩大自然赐予食物，得以丰衣足食。大家比一比，谁家种得比较好，比较多。

2017年起，芒景村开始有组织地过丰收节，过得更为隆重，节日的外延也扩展了。活动以布朗族文化为主题，各村寨之间比赛传统美食、传统歌舞，个人比赛竹编、盖房子等传统手艺。

绘画 姜丽

在官方看来，丰收节是一个展现人民群众过上幸福生活的契机。2017年的丰收节，官方媒体报道的主题是"庆丰收，感党恩"。2019年的丰收节，官方媒体报道的主题是"弘扬民族传统文化，助推脱贫申遗成功"，节日"展现丰收的喜悦，欢庆红红火火的生活"。

对本地人而言，丰收节有着多重的意义。有人看到自己文化的独特性得以展示、保留的契机。"布朗族和哈尼族、拉祜族跳舞不一样。即使同样是象脚鼓，一个民族和一个民族也不一样。"

有人关注的是传承。苏国良退休之前是县城里的干部，工作了四十多年，2013年回到村子。2019年丰收节，他在传统竹编技艺比赛中获了奖。村子里会编的人不多了，而他也是退休回来才学会的。"我都能学会，为什么年轻人学不会？"他希望更多的年轻人能拾起竹编的手艺。从实际功能来看，用竹编的篾笆晒茶，比用塑料布好，因为后者容易有味道，影响茶叶的品质。

为了让大家都能积极参与，活动由每个寨子轮流负责组织。和当地朋友聊丰收节的一个很深的感受是，大家很重视村子的荣誉。会提到去年哪个村赢了，今年哪个村第几名，赢了传统歌舞比赛的那个寨子，大家总结说，参加的人多，参加的男性也多。

获奖的小组得到的奖金不分给个人，而是属于整个村子的活动基金，用于村子集体活动的开展。除了奖金的使用，集体事务的特性还体现在活动的组织上。每个舞蹈节目往往需要排练一个星期，每天晚上排练。村小组的安排是个人先主动报名，人数不够再指定人员参加，但原则上是每户都要有一个人参加。

12月初，还没到芒景村，便在微信里看到大家都在秀樱花。到了村子，不断地有朋友约，看了两次樱花。

景迈山原来就有樱花，但零零散散，数量不多。开始在政府组织下大规模种植是2013年和2014年。较集中的樱花观赏区不在芒景村，而是在景迈村的大平掌古茶园附近。那里地势开阔，更适合成片种植。

芒景村的古茶树在山上，以坡地为主。大平掌地势开阔，古茶树多，看茶树方便，有时芒景村的朋友会带客人去看茶树，但自己不会特意去游玩。而樱花开的时候，很多芒景村的朋友会去赏花。女性穿了民族服饰，化了妆，是特意过去拍照的。听说，还有人去拍结婚照。我开玩笑地问同去的朋友艾果："樱花与你们布郎族什么关系啊？"他指着旁边女性头饰上的花瓣解到："我们是爱花的民族。"

第二次和玉糯及其他几个朋友一起去。她说上一次来大平掌是很久以前了，客人想买这里的茶，她带过来看。在茶园，玉糯遇到了景迈村的朋友。朋友正在茶地里干活，大家就在地里站着聊天，聊各自茶园的情况，今年的收成。景迈大寨的朋友说种得多，不如管得好。旁边走过一群她们认识的人，是更远处酒井乡老达保村的拉祜族村民也来了。

看樱花的时候，芒景村的朋友即兴组建起乐队，弹着吉他打着鼓，在樱花树下唱歌。或是几个人约在一起，跳传统的舞蹈。"我想以后会有一个樱花节。"芒景村的朋友说。

春节的活动更偏向于文体活动，主要的活动有篮球比赛、拔河比赛及形式更为多样的歌舞表演。

村干部说，像春节这样的节日，不过多地强调传统文化，以娱乐为主。

芒景村和景迈村所属的各个自然村之间会有篮球比赛。大部分球员的T恤上都印了村寨的名字和自己的姓名。球员都是年轻的男性，但有一场球赛的主裁判是个年轻的女生，她发球的时候，高大的球员们微微蹲着，听她的。

芒景上寨有游园活动。蒙眼击鼓，套圈，投球……没什么难度，老少都可以参与，轻轻松松地玩，开开心心地领奖券，换取饮料、油等日用品。

芒景上寨村寨旁边的林子里，有供人歇脚的沙腊房，去年12月，为了传承村寨里不能滴有鲜血的习俗，方便大家杀猪宰牛，在那里修建了用水设施。过年期间，在这里组织了一次村民聚餐。有人负责做饭，准备了食材，大家就带来饮料、啤酒和零食。啤酒都是罐装的，寨子里有规定，小卖部里不能卖瓶装的酒，碎酒瓶容易伤人，引发事故。那天聚餐还有一个规定，每人需要自带碗筷。吃饭时，大家都从袋子里，从包里掏了碗筷，自助取餐。吃完饭，各自洗完碗筷，收拾好地上的垃圾。下一个活动是向经常为寨子里的集体公共事务提供帮助的个人表示感谢，礼物是布朗族的民族布包，包没有斜挎，而是像是藏族人献哈达一样被直接挂在了脖子上，有一种特别的礼物的意味。最后就是唱歌、跳舞，放松的时候。我往回走的时候正是黄昏，阳光透过树林，洒落温柔的光。而密林里，篝火已经升起，欢乐在继续。

除了娱乐放松，也有正式而严肃的活动，比如针对寨子里的大学生和高中生的会议。会议由村里的行政领导主持，请了在当地做调研的在英国读书的博士李玉龙，和两位毕业的本地大学生哎海和倪华，来和大家交流学习的经验。一直在做传统文化传承与发展的"布朗王子"苏国文做最后的总结发言，他希望大家传承文化，但更要求大家要带着科学技术回来，村寨的发展不能仅靠外人，要靠自己。感受到了热闹之外，村寨的努力与韧性。

那天的会议做了花名册，并且点名、签到，到场的学生很多。开会在芒景上寨社房的二楼，木制的镂空的窗很大很敞亮。望出去,是普通村寨的样子,房屋、环抱房屋的树,再远处是一层一层绿色的群山。不确定在场的少年能接收到多少村寨赋予他们的使命感,回到读书的城市,他们又会记得多少,也不确定他们以后会不会回来。可在那一刻,信息明确地传达到了,个体是集体的一员,个体是布朗族的一员,个体是村寨里的一员。

故乡,这么近,那么远。

绘画 姜丽

第四章

留茶村 守主场

"大理风太大,版纳太热,曲靖太冷,昆明太吵。"朋友唠叨着芒景村的好,他没有想过要离开芒景。

寨子里环境好,现在大家都有了车,生活也方便。

但最重要的还是经济发展带来的底气,以茶为生带来的生产与生活的确定性。

我关注地方精英如何在新的环境下建立自己的权威与地位,他们有各自的资源和优势,保持着适度的联合和微妙的平衡,我也看到作为新茶人的年轻人在不断地学习和成长。

茶村是他们的主场,有了天时,有了地利,每个人有了不同的机遇与发展路径。

头人、文化精英、村干部与茶商

随着茶叶经济的发展,特别是申遗让景迈山的文化价值被外界所看到,当地人不再是被外人所表述的一个象征符号,他们为自己的文化代言,个体迎来更多被关注的机遇,原有的地方精英重新定位自己的地位与权威。

身份成为一种资本或资源。阿里亚家族与苏里亚家族三代人,头人后代、文化精英、村干部、茶商等多重身份重叠交织,文化塑造与经济回报相互转化,权力的关系网络被不断重新构建。

芒景村的布朗族有两位最后的头人,阿里亚和苏里亚。阿里亚(估算为1927年生),是1919年出生的苏里亚的妻弟。[1]

阿里亚一支比苏里亚一支地位高。

1943年，苏里亚父亲年老病故，孟连宣抚司召贺罕任命苏里亚为芒景布朗族第二号头人"召仙兵"。由于第一号头人"召叭"已死，而"召叭"的后代阿里亚年纪尚小，不能独立执政，苏里亚便负责起主要事务。[2]

苏里亚家族的一件大事是，苏里亚1950年进北京献茶给毛主席。

苏里亚的儿子苏国文在书中写道，1949年初，澜沧解放，参加过解放勐海、酒井、孟连、糯福等战斗的苏里亚选择了跟中国共产党走。1950年，建国后的首批西南少数民族参观团赴京参观学习，苏里亚在天安门城楼，给毛主席敬献了高档贡茶（小雀嘴尖茶）。[3]

在寨子里聊天时，有人推测，当时的政治局势并不十分明朗，而且从景迈山到北京山高路远，年纪更长的苏里

---

[1] 郭静伟.嵌入在社会文化变迁中的普洱茶[D].云南大学，2013，第99页.
[2] 苏国文.芒景布朗族与茶.云南民族出版社，2009，126-127页.
[3] 同前，第127页.

亚便承担了此重任。

苏里亚的女儿玉帕的解释是这样的："他们说我爸爸比较厉害，说我爸爸思想好，会处朋友，会处人，还不怕死。"她的记忆里，那时去北京，没有车，只能走路，爸爸去北京，走了几个月。再见到苏里亚的时候，玉帕七八岁的样子。寨子里的人告诉她："你爸爸回来了。"她站在远处偷偷地看："我望都不敢望，我怕死了。我爸爸穿着军官那样的衣服，戴着大黄帽子，我没有见过那样的衣服。"

苏国文回忆："去了一年多，人们不知道怎么回事，说不在了，人已经去世了。我家里把后事都搞了。接着就有人到孟连见我父亲，然后回来带了一张照片，是我父亲和领导人的合影。"[1]

苏里亚回来后，仕途顺利，1965年以后先后担任过糯福区区长、澜沧县政协常委副主席、云南省人大代表等职务。去过北京的经历成为一种加持，甚至影响到了家族里下一代的人。

---

1 郭静伟.嵌入在社会文化变迁中的普洱茶[D].云南大学，2013，第39页.

被称为"布朗王子"的苏国文是苏里亚的儿子。他的住地就在哎冷寺,苏里亚的照片很显眼地挂在会客处的墙上。

2009年,国庆60周年的时候,苏国文也有一次进京献茶。当时胡锦涛主席不在北京,他把茶交给了国家民委代为转交。

苏国文被称为"布朗王子",不仅因为他是苏里亚的儿子,更因为在以他为主的当地文化精英和政治精英的推动下,布朗族与茶、芒景村与茶的联系以可见的方式呈现出来。

苏国文曾在小学、县教育局等部门工作,2004年,退休后的他回到了芒景村。

郭静伟在《嵌入在社会文化变迁中的普洱茶》一文中描述了苏国文回到芒果后的情形:"那时是很破烂的路。从这里(景迈大寨)到翁基的岔路口,芒景一路上都是堆了木材。他问为什么要砍树？村民说没有钱只能砍树。他当时很难受，回来后他就开了一个会，在各个小组的会议上，他说这样是自杀的行为。没有钱，要用其他的方式来赚钱，不能砍树。他说，你们现在已经砍的拉回家去，不要摆在路边，这样会让其他人看到了学着砍。他规定了一个时间，时间到了你还不拉回去就变成公共的东西。"

苏国文自己回忆说："我刚回来的时候老百姓的收入很低，连摩托都没有，老百姓家来两个外人就住得很紧张、吃的都没有。当时茶叶的价格，到2005年的时候一公斤是40-50元，古茶还没人要，大家都认为古茶黑，不好看，只想要漂亮的台地茶。当时老百姓其实是不愿意保护古树茶的，我说我们将来要靠古茶树发展，不能丢。"[1]

在这样的背景下，围绕茶，苏国文做了不少事。

芒景村原有的文字记载因为一些原因被毁掉。2005年，苏国文与两位寨子里的老人一同前往缅甸，抄录了已经在芒景村遗失的《芒景村志》《帕哎冷传》《布朗族大事记》等文献。后来他编著了两本书，《芒景布朗族简史》和《芒景布朗族与茶》，芒景村的布朗族与茶的关系

---

[1] 郭静伟.嵌入在社会文化变迁中的普洱茶[D].云南大学，2013，第39页.

有了文字的实证。

他主导了哎冷寺的修建工作。有村民的捐款，也有企业和茶商的赞助。那里是供奉布朗族茶祖帕哎冷的寺院，也是展现当地茶文化的空间，博物馆里展示有传统的制茶工具及马帮的物件等各种与茶有关的物品。那里是芒景上寨甚至整个芒景行政村举办节庆活动的聚集地，也是村民开展学习活动的场所。

他推动了茶祖节、茶魂台、茶魂树等与茶相关的文化复兴的工作。

在茶魂树的基础上，他提出了茶魂茶的概念。寨子里每户人家的地里都有一棵茶魂树，他收购茶魂树头春的鲜叶,制成"茶魂茶"。一直以来，不同山头的风味和茶树的树龄是影响普洱茶价格的主要因素。唐毅斌在翁基村做和茶有关的事，在他看来，"茶魂茶"制造了一个不同门类的表述，因为没有可比性，也就有了定价的话语权。

在重建传统文化的同时，苏国文也是注重科学，与时俱进的。

绘画 姜丽

他会讲与生态保护相关的政策，也会鼓励寨子里在外上学的青少年多学习科学知识，带回家乡。

他说现在的茶地不是要扩张，而是需要管理，联系专家教大家修剪茶树，学习科学的技术。但他也强调，有的专家是理论型的，本地有的是经验性的知识，每个地方的具体情况不一样，大家自己也要摸索学习。

苏国文是受到外界认可的，外面的人来做采访，他常常是接受采访的那个人。在村子里，他也是受到尊重的，村里重要的活动，会请他发言。但他的权威渐渐地没有以前那么强大。这不仅是因为随着年事已高，他无法亲自牵头组织一些事务，也是因为寨子里有了更多公共事务的引领者，不论这种资源与资本是来自于文化的、政治的、还是经济的层面。对普通村民而言，大家的动机和需求也更为复杂和多元，人心凝聚更加不易。

苏国文很快就80岁了，身体不太好。坐在椅子上聊天，时间一长，就需要休息。

在路上遇到他，拄着拐杖，走路很慢，就是普通老人的样子。

可在一些活动现场看到他时,穿着民族服装的他,仍然是精神的、有气度的。

他提着那股劲,他撑着那口气。

玉帕是苏里亚的女儿,苏国文的妹妹。

她喜欢穿鲜艳的布朗族服饰,宝蓝色的、桃红色的……还会戴上彩色的大耳坠。

她说话中气足,表情丰富。即使70多岁了,走路还是很精神。

她天性喜闯荡,也有做事的智慧与决断。

她没上过学,但她是景迈第一个做茶叶生意,开设茶厂的。

儿子和儿媳不仅继承了茶的产业,还在寨子里经营着很有档次的酒店。

说起当初做茶叶的事,她说回忆起来就像个故事一样。

虽然没有机会上学，但玉帕在县里的服装厂工作。那个年代，是个好工作。

1991年，四十出头的玉帕从服装厂退休，回到了芒景村。

那时寨子里还没有做茶，地里种的是苞谷。

"这个地方像森林一样。"

玉帕在寨子里卖衣服，自己做的民族服装。

"那个时候这里很穷，就种地，我们这边也不打工，比较封闭一点，交通不方便。一件衣服才十来块钱，有些都拿不出来。"

大家想要衣服，玉帕同意拿茶叶来换。大家有了衣服，还能把自己的茶叶卖出去。

"我的价格是多少，我的也不提高。茶的价值是多少，他们的也不提高。"

过了三年，玉帕不做服装了，租了别人的房子，做茶叶生意。那时只有手扶拖拉机，她用拖拉机把鲜叶拉到惠民镇，拉到澜沧县。那样的运输一定是不容易的，即使现在有了更好的路，开车到澜沧县也要两个多小时的车程。茶叶开始卖给县城里的老板，后来有广东的老板向她订货。

大家都还在喝生态茶的时候，她背着古树茶去县城推销。她泡上两种茶，问别人喜欢喝哪一种。在她看来："古树茶（泡的茶汤）在脖子里，好在。"她给别人介绍："这是上千年、几百年的茶树，是我们的老祖宗留下的。"

做生意，玉帕有自己的原则，干脆利落。自己合作社的成员，三心二意把鲜叶卖给其他家的不要，茶叶掺假的不要。

茶厂的客户很多合作了多年，她想要保证茶叶的品质。

当初要记账，她花三天时间学会了用计算器，多少斤，单价多少，总价多少钱，这个她会算。

不会写字，寨子里每家每户的房屋都有名号，她就给收茶的每一户人家都用一个本子记账，封面写上名号。记的时候分好栏，一栏日期，一栏茶叶斤数……

有一个卖茶的人曾偷偷地修改数字,被玉帕发现了。

"我的账一点都不乱。他们看不懂,我自己认得呢。"

玉帕拿出账本给我看。是文具店里最常见的那种薄薄的软皮记事本,120多本,放在白色的塑料袋里。一年一年,一次一次的交易,安安静静地留存了下来。

那天见到南海明的时候,他用了"紧箍咒"这个词。随着申遗的推进,芒景村对接的项目也越来越多,是机遇,也是责任、压力和约束。

南海明是苏国文的侄女婿,是芒景行政村的现任书记,是村里管事的人。

现在他多了一个身份,景迈山有一家开发投资公司,他任职总经理助理。

他很忙。在各种场合见到过他,接待上级领导,检查寨子里的卫生工作,春节期间高中生和大学生的动员会,寨子里吃饭的酒席上。

他很有行动力。给他看通过看动漫自学日语的当地小姑娘记的日语笔记照片，他说，要培养她学英语。问他为什么？将来寨子的发展用得到英语。他说想在寨子里的健身步道旁种映山红，我问什么时候开花，是不是可以和某个传统节日的时间重合，这样客人玩的内容更多一些。他马上让我帮他上网查资料。

他是苏国文培养的传统文化传承人之一，聊到基本知识都能给我们作介绍。本地经常唱的两首歌《云海上的古茶林》和《樱花开满景迈山》是他写的词。他以行政领导的身份，和当地的文化精英一起组织了很多活动。有一次聊到祭茶祖，每四年一次大祭时，需要现场杀一头牛。他说看着牛太可怜，在想是不是可以做一个假的模型，把意思表演出来就好。

他说书记任期做满后，要专心地做文化。朋友猜测，最主要的目标可能是做旅游。

在他身上看到多种身份，是行政领导，是寨子里的一员，是布朗族的一员。

苏志坚是苏国文的儿子，是澜沧县医院的神经外科医生。

他戴着眼镜，受过教育的、城市人的样子。

他不常在景迈山，到茶山几次，没有碰到过他。

他在县城开了一个茶室，介绍景迈山的茶文化。哎冷寺的墙画茶绘制在了茶室的墙上，展示的布朗族干栏式建筑的模型是他制作的。一面靠墙的架子上，陈列着苏国文的相关信息，也陈列着来自景迈山的茶。

苏志坚说做和茶有关的事，开始是因为父亲生病，想帮他做一些事，但慢慢自己做进去了，投入了感情。

虽然茶室可以布置得仿若在茶山，但他，与茶山是有距离的。

虽然是大头人，比起苏里亚，阿里亚的政治履历要平淡一些。据记载，1951—1956年，阿里亚出任本村村长，1958年在澜沧参加学习，1959年在景迈行政村的糯岗村协助政府工作，1965年在思茅参加学习，1966—1994年在家务农。[1]

南康是阿里亚的儿子，芒景行政村的老书记，南海明的前任。印象最深的是有一天晚上在朋友家，大家正在准备第二天的酒席。

芒景村这几年都在推行以自助餐的形式置办酒席，并鼓励大家自带碗筷。

南康也在闲聊。他嘱咐说，可以考虑自助餐，菜不用太多，卫生，好吃就好。第二天去吃席，是自助的，菜放在盆里、桶里。

南康建造了条件很好的客栈，用的材料都是木头，很有特色，是芒景村接待重要客人的选择之一。

他带头建立了芒景村的第一家合作社。2021年政府牵

---

[1] 郭静伟.嵌入在社会文化变迁中的普洱茶[D].云南大学，2013，第39页.

头景迈山5家比较大的茶企组成景迈山普洱茶诚信联盟,他的合作社是其中之一。

南康有很强的人脉。政府部门的人,学术研究机构的人,做社区发展项目的人,做文化宣传的人,都和他有交流与合作。因为家族的身份,因为书记的身份,他有威信与话语权,与他合作,容易在当地推动工作。

南康参与了很多景迈山的宣传工作,他有资历去介绍当地的风土人情,而且他相貌端庄,表达条理清晰。在不同的视频节目里看到过他作为本地文化专家的讲解,越来越自信,口才越来越好。在早期的视频中,他穿着普通的T恤,后来,每次出场几乎都是棉麻材质的对襟衣服,再后来,除了衣服,他还戴上有当地布朗族特色的包头形式的帽子。

他的儿子南俊杰,大学毕业后回到芒景村,任上寨村民小组支部书记。

金选是阿里亚的儿子,南康的哥哥,他注册了"布朗公主"的商标。

当时一家茶公司提供赞助,苏国文老师按照史书的记载,经过专心的研究,并邀请美术老师共同设计制作了哎冷像、公主像,放在哎冷寺里,同时也注册了帕哎冷的商标。金选想,祖先帕哎冷的商标已经被外面人注册了,七公主(帕哎冷的妻子,傣王的女儿)得留在布朗族手里。2006年请布朗公主像的时候,金选家出了三万五给设计师,塑像也放在了哎冷寺里。2007年,又花了八万多赕佛,杀了12头猪,2头牛,请了12个村寨的人来。[1]

茶厂在离人群聚居的寨子几公里外的林子里,这使得他们不必像其他村民一样受到建筑场地面积的限制。茶厂是两层结构的房屋,青灰色的主调,环绕中间的院子,呈长四方形,规整、通透、大气。

茶厂有了更科学规范的制茶、存茶的空间,和更大的展现茶文化的空间。

金选的女儿而波介绍,茶室可以同时接待100人,还在布局展示老茶的展馆和与茶相关的体验活动。在她看来,

---

[1] 郭静伟.嵌入在社会文化变迁中的普洱茶[D].云南大学,2013,第39页.

申遗会让更多的人认识景迈山，茶会有增值空间，希望大家培养存好茶的意识。

不论是家族身份、政治身份、还是文化精英的身份，都为个体的茶的产业发展奠定了基础。

对本地文化的认同和使命感已内化于当地人的表述和行动中。为家族的荣光，为村寨的发展，为经济效益的提升。不论是出于纯粹自发的热爱，还是为达成目标而设计的路径，早已交织在一起。

月亮升起来

张光明是翁基村最早一批做客栈的。

十多年前,来买茶的客人在茶农家里只能将就着睡,有好的客栈自然愿意去住。客人住下来,也就多了聊茶、卖茶的机会。

现在,翁基村里不少村民都把自家住房改成了客栈。有的没有经验,把阳台封起来变成卫生间,外面的群山、茶林就这样被挡住了。

张光明懂得风景作为体验的一部分,每个房间都有阳台,放上了桌椅,可以喝茶。他新开的一家突出智能化的客栈,楼顶是大大的露台,夜幕降临,摆上酒和零食,请来村里会唱歌的年轻人,让客人感受少数民族村寨的热情好客。表演的女孩子穿着鲜艳的民族服装,戴着鲜艳的头饰和耳坠,认认真真接待的样子。

张光明与客人喝酒，态度爽直。客人喝，他也喝。客人问他，附近有什么景点可以转一转，他回答得很熟练。这个问题，他一定已经回答了很多遍。

聊起他的客栈，他说："春茶季节不对外，都留给买茶的客人了。"踌躇满志。

在叁文的朋友圈有一张出镜率很高的照片，背影是茶林，叁文穿着蓝色麻料对襟衣服，手持一杯茶，神态平和，是与茶相匹配的文气。

叁文是张光明的弟弟，我从朋友那里听到他的故事。

"他以前还是挺混的，他太调皮了在这里，然后打架斗殴各种，他哥哥就很生气。他哥做茶，认识了一个在曲靖开茶店的大老板，就让大老板带叁文出去，不要在这个村子里面嚣张，让他去看看大城市是什么样子的，出去还是能长见识。年轻的时候，也就十六七岁那种，送出去好几年。那茶店老板现在还会来。曲靖那个店很艰苦，放他去捶打那种感觉，就想那些大老板带他出去见见世面。那大老板人也好，真的是带他，好好教他那种，马上就变了，你看他现在变得很有想法，会做事，想做事。"

现在的叁文回到寨子里，卖茶，开客栈，做得风生水起。问他在外面闯荡最大的收获是什么？他说学会了怎么跟人打交道。

我是在他的客栈里见到他的。没有歌舞助兴，但露台上每晚都有烧烤。升起火，大家围坐，吃烧烤、喝酒、聊天。

叁文的妻子负责烤，一个朋友在和客人喝酒。

叁文递给我一双筷子，他身旁的客人递给我一罐啤酒。

叁文不喝酒，不吃东西，也不怎么说话，有些安静地在一旁坐着，看着。

旁边客人是找他买茶的老客户，很能社交，自来熟地开始和我聊天。其他客人也在聊天。感觉客人有些反客为主，自己照顾自己。

我突然有种这是在叁文主场的感觉，他有见过世面的笃定，不那么急切地和刻意地迎合。

在场的朋友说，他昨晚有事，很晚才睡。那天晚上是太累了，平时他不是这种状态，也是和客人喝一点酒，唱歌，聊一下的。

私心里，还是希望他找到了自己的主场。

我干不动的那天，他要回来

　　玉糯是我在芒景村相处时间最长的人。每次去我都住在她和哎能没有挂牌的客栈里。

　　玉糯不像其他人一样称呼我老师，我们直呼对方的名字。

　　她知道我喜欢凑热闹，有活动总是叫上我。

　　我坐着她的摩托，去吃各种席。

　　去参加婚礼，去吃杀猪饭，去参加她的外甥的生日聚会，和邻居一家到鱼塘捉鱼，到附近的傣族寨子去赕佛。

　　家里的厨房以前是在院子的一角简单地搭了棚，敞开式的。

　　我看着挂着的腌制不久的腊肉表示羡慕，吃饭的时候玉糯就切下来炒给我吃。做饭的时候，她安排我剥蒜，没找到小刀，我用她递过来的大刀开始干活。

院子没有门，只有矮矮的围墙，墙的外面就是主路。院内的围墙边有一棵大大的会接结红色浆果的树，伞一样形状优美地散开去，一半在墙内，一半在墙外。果实成熟的季节，我喜欢摘果子吃。路过的人也会摘了吃，外面的摘完了，走几步，绕到院里来，站着继续吃。

坐在厨房里能看到路上的人。有时打个招呼，路过的人就进来吃饭。主人不刻意，客人也不客气，都是认识的人，拉把凳子，添个碗筷的事。有时玉糯会打电话叫人来吃饭，没什么理由，只是刚好那天菜多。

虽然家里请有工人，玉糯和哎能还是保持做农活的本分，闲不住，肯吃苦。

那是穷苦日子留下的印记。

每天从地里做活回来，玉糯洗澡，换上裙子。她每天都穿不同的裙子。

晚上在院子里的茶桌旁，和朋友喝自酿的苞谷酒，那是哎能一天中愉悦和放松的时刻。

我和玉糯和哎能去茶地干活。茶地离家有5公里。我们开车，早上去，傍晚回。

这块地以前种的是苞谷。那时没有交通工具，来回在路上的时间要三四个小时。时间短，又累，做不了多少活，很多时候他们就把行李带到窝棚里，住上四五天。

后来种茶，经济条件好了。他们第一件事就是买了摩托，后来又买了皮卡车。

玉糯和哎能在地里干活。

一些茶树死了，玉糯和另一位大姐松土、挖坑，补种茶苗。她们套着耐磨耐脏的外衣和外裤，戴着大帽沿的帽子，灰灰的色调下，人就隐在茶树里。地不平，茶树都种在坡地，干活很慢。

哎能用手持的机器在更高处除草，远远地看他在山上干活。空旷的山地里，电锯的声音很响，断断续续又坚持不懈。下山来的时候，迷彩服上和脸上，溅满了青草的汁液，人像是土地里长出的一株植物。

单调而重复的劳动让他们与土地成为一体，他们似乎干了很多活，但似乎又没看到土地的变化。土地那么大，人得不断地去对话。

玉糯发我一个口袋，让我采茶打发时间。我在茶地里晃荡了一圈，青山绿树，但我没有太多诗情画意的联想，土地就是土地，劳作就是劳作。我装模作样地采了一会儿茶，便任由自己无所事事起来。我不是不能接受单调和重复的劳动，我只是知道自己不属于这片土地，并且接受这个事实。

我："你儿子你院有女朋友了吗"

玉糯："有了，这两天确定的。"

我："你怎么知道的？"

玉糯："他从县城带了几个蛋糕回来。他告诉我说，有一个要送给他的女朋友。是隔壁村的。"

我："真好啊。他有什么都和你说。你见过他女朋友吗？"

玉糯："没有。他的事我不管。"

我："他们以后会在寨子里吗？"

玉糯："不知道。那个女孩还在读高中。"

后来我再问，分手了。

你院是玉糯和哎能的大儿子。小的时候，家里经济不好，又要忙地里的活，没能给他很好的生活条件，也没能很好地照顾他。

相比而言，弟弟叁富幸运很多。在教育水平更好的普洱市读初中，每次回家或回学校，都是哎能开车接送。

你院初中毕业，2017年去北京的一个茶叶公司工作，负责接待。收入不高，休息时间不多，但工作相对轻松。

2019年，哎能、玉糯和叁富去了北京。在长城照了相，在天安门前照了相。玉糯穿着本地民族服饰，哎能穿着黑色的棉布衫，叁富戴着写有"布朗族"三个字的黑色棒球帽，你院穿着写有"中国CHINA"的白T恤和印有"为人民服务"字样和毛主席头像的帆布包。那个在长城的合影，有一段时间，玉糯把它作为了微信的头像。

2020年，21岁的你院从北京回到了寨子。

没有感觉你院有从大城市回来的不适应。

在家吃饭的时候，有长辈来吃饭，大家聊天，他就坐在一旁，听大家说一些琐碎的寨子里的事。可以坐很长时间，没有不耐烦的样子。

他的社交生活风生水起，在家的时间不多，总是去朋友家。

过年期间，我在杀猪宴、婚礼、寨子的集体宴席等活动现场，在当地朋友的朋友圈视频里看里到他。他在聊天，在聚餐，在唱歌，在打牌。那段时间，我总觉得他有点微醺的醉意，眼神有点迷离，脸有点红，步子有点飘，话有点多。

他会弹吉他，爱唱歌。过年期间寨子里聚会多，经常能看到他唱歌，唱到嗓子有点哑。朋友开玩笑："你院的嗓子废了。"

他是气氛组大王，和人说话，和人喝酒，邀请大家加入集体舞蹈。有他在的场合，气氛不会太冷落。

但即使很晚回家，需要他帮忙的时候，第二天一早，还是看到他很早就和哎能一起去地里干活。

除了制茶，他也帮忙接待家里的客人，这是他所擅长的。春茶季节的一个晚上，玉糯发了一个客人围坐茶桌，你院唱歌助兴，气氛欢腾的视频。配文字说："今天家里好热闹,这是春的味道。"

想起你院还没有回来之前,哎能曾说:"现在他愿意在北京,不管他。我干不动的那天,他要回来。"

玉丙，玉饼

过去了很多年,玉丙仍然记得小时候在翁基住的房子。

"我们住的就是土地,直接就在土地上没有地基。然后就在住的地方随便打一下,用泥巴抹平了。

"那时候除了吃饭没有什么吃的。山上可以捡一点野菜。我们是小孩,去到别人家,好人家就会拿叶子包饭给我们,我们就用手吃。虽然是冷饭而且没有菜,但还是很开心。现在吃的太多了,以前就是没有什么东西吃。

"家里穷,但是妈妈还是把全家人养活了。她以前栽秧特别快,人家都做不到。我爸爸一直都生病,就是身体不是很好,然后腿不方便。他特别爱穿白衣服,是比较爱干净的那种,他在家虽然不太下地,但是他会把我们的家里摆的那些锅什么的都洗干净。爸爸会教我们这里是做饭的地方,小一点没事，只要你摆得整齐一点。

"一个房间是规划区域的。这边是我们做菜的地方，这边是我们烧火的地方，然后这边是我们住的。我们是这样睡觉的，爸爸在这里，妈妈睡这里，我睡这里，哥哥睡这里。以前翁基一到晚上就有猫头鹰叫，听到那些声音很害怕，到了晚上我就不敢出去了。

"那个时候我家种的是谷子，是红米，颜色红的那种，但是他们说好。我们每天都吃红米，我说我想吃白色的那种。我看人家吃，我就很想吃白米，要吃白色的米。然后吃饭的时候要用白色的碗，我不想用那个土碗吃饭。我爸爸跟我说，我从小的时候就要求太高了。

"那天妈妈到地里干活，还没有回到家。我去接水，小一点的那种桶。刮大风，没有下雨。风特别的大，我的桶也不见了，我就飞跑回家。我爸爸说不要怕，这边抱我，那边抱我哥哥这样。我家就在大树下面，比较大的那种，那个树就掉下来，就在房屋中间，然后房子就漏雨。我们走不开，全部都是叶子，都挡住了。后来就下大雨，我们全身都湿完了。我们真的是很幸运，大树打到人就麻烦了，但是房子就砸坏了。"

那是1988年左右,玉丙八岁的时候。

现在她住在芒景上寨,茶室是条纹竹的墙面,大的落地玻璃窗,按她喜欢的风格装修的。

平日里,不太看得出过去贫苦生活的痕迹。

玉丙温婉端庄,一同去景迈山的朋友说,是贤妻良母的那种类型。

她爱跳舞,爱热闹,文艺活动看到她去参加,结婚准备酒宴这样的事看到她去帮忙。

她爱美,乐于受到关注。一年四季,每一次见到她都是穿着布朗族的服装,上身盘扣短装,下身是筒裙。她说布朗族服装五六百就可以穿得很漂亮了,同样的价格,穿外面的服装穿不出效果。

穿上民族服装,来寨子里的客人夸漂亮,上级领导来了看到也高兴。

到外地的城市她也穿,别人总好奇,一块布是怎么穿成裙子的。在深圳,别人问:"你穿得这么漂亮,要去哪里表演?""我不来表演,我是来玩的。"

老公是远一些的寨子上门的,玉丙有更多当家作主的地

绘画 姜丽

第四章 留茶村守主场

位。从装修茶室,到接待客户,她都是做主的那个。茶叶品牌用了她的名字命名,以前是玉丙,后来文化局的一位老师建议用谐音,改为"玉饼"。玉丙想做一个印章,印在茶叶包装上。

新青年 新茶人

朋友的女儿在昆明上一所职业学校。朋友说，刚开始她看到高楼大厦，觉得城市好，不想回来。现在觉得大城市不好长待。"她说像我们找工作也不好找，反正回来是有事情做的。"

觉得这是茶山带给年轻人的底气。

在外学习，不仅是学知识和技术，更是拓展眼界。很多年轻人在普洱市、昆明市等地学习和茶有关的专业，也在外见过世面，有了自己的想法。他们装修茶室，探索做自己品牌，尝试做一些更有挑战性的工作。

而罗今年28岁，还没有结婚。总有人催她赶快结婚，而罗也想结婚，可没有遇到对的人。

她的房间是粉红色的主调。粉红的泡沫地板，粉红的窗帘，粉红的床单。

她买自己喜欢的衣服，喜欢的化妆品。晚上出去和朋友聚会前穿上漂亮的裙子，拍一张自拍。

从初三开始，而罗就没有和家里要过钱。在县城读书，她开始卖茶，有了一些收入。现在她是家里的顶梁柱，家人生病是她在张罗，家里建新的茶室是她在作主。

而罗经常发朋友圈。上山采茶，家里做饭，养蜂，养花……她知道，外面的人看到茶山生活，也是她卖茶的机会。

家里的茶地经常有游客经过，为了吸引客人，她曾经站在茶地唱歌，听到的人，就留下来和她聊天。以前她会接一些接待任务，唱歌助兴，有公司请的，也有政府请的，现在她收心，安心做自己的茶，去得少了。

而罗家的茶室门前有花有果，有桃树、木瓜、鹅尾蕉等，还有一棵比人还高的仙人掌。但最显眼的还是台阶的三十多盆多肉。橡胶轮胎，破了一半的陶罐都被她用来种多肉，中间还点缀了几片画了民族人物的瓦片，也是她画的。她说家离茶祖庙比较近，经常有客人路过，大家一路经过几个茶室，不弄得有特色一些，客人很难有兴趣停留。

茶室就在路边，而罗在茶室里看得到来往的人。几次路过那里，她在茶室里就会招呼："来喝茶"，然后抵挡不了热情，就会坐进去。而罗爱说话，听她说茶的事，说家里的事，说寨子里的事。

她家的屋后有两块菜地。和她到菜园子里摘了几样菜，几分钟后就在厨房下了锅。院子里还有一棵很高的菠萝蜜树，一结果就密密麻麻的，而罗数过，去年结了246个果。

二楼的露台面对着远处的青山，黄昏时有橙黄色的无限柔光。她想把露台改造成喝茶的地方，但需要向负责申遗规划的部门报批，不一定能成功。"我就觉得这边应该支持像我们这样有创业想法的年轻人。"她一如继往地有行动力。

艾选是哥哥，而炳是妹妹。他们的茶室在翁基村几条路的交汇处，聚人气，位置不错。

茶室主要是艾选在打理。

他喜欢英文，会在朋友圈分享英文歌，也会用英文问候大家，茶室里的抱枕是英国国旗的图案，有外国的客人来，他会拍照分享在朋友圈。

他努力学习。有一次和他聊泡红茶的适宜温度，听上去很专业的样子。问起来，他给我看正在读的有关普洱茶的专业书籍。

艾选曾经尝试在快手上直播。选择快手而不是抖音，是因为他觉得抖音太花哨。直播内容多是在茶室里泡茶。有次直播在鱼塘捞鱼，他举着一条鱼，在镜头面前想说点什么和做点什么，但最终没有说什么，也没有做什么，也许是因为不擅长直播吧。现在他不玩直播了，社交媒体就用来看新闻，了解一下有什么新鲜事，有什么大事。

有时会在网络上认识人，寄样品，也有运气好的时候。但不能只靠线上，面对面的宣传也很重要，而且最终，茶叶的品质才是最重要的。

所以现在，他稳稳重重地卖茶。

而炳学会计专业，但她不喜欢。"我不喜欢会计。反正就不喜欢。反正我就不行。反正我就不喜欢会计。感觉就选错了，太死板了，太拘谨了。"一连串的不字，带着强烈的情绪。

她不喜欢寨子里的生活。"我们这边一般年轻人都很少读书，然后基本上回来就结婚、生孩子，就这种生活，我感觉没多大的意思。"

她想做导游。"想去哪里就去哪里。想环游世界。村寨太小。"

反正到哪里都可以卖茶。"你做导游，人家都比较信任你。而且这是自己家的那种原始的东西。但现在还讲不清楚茶叶，所以说想去外面学习，就想把茶讲清楚。学习不同的东西，茶叶也要学好，各方面都要学习。"

离开时，我转给她景迈山古茶林景观申遗的宣传视频，她开心地说是视频的。我知道，她不想看太多文字。

在职业学校学完茶艺课程，玉罗在丽江的一家茶店实习，晚上我们喝茶。茶店在古城边上，却显得安静而冷清。我问她对灯红酒绿的古城生活不动心吗？她说，娱乐生活在普洱市读书时就各种玩过了，已经没有兴趣了。现在她进古城也不去酒吧，而是会去看别人的茶室怎么弄。她特别留意店面花台的设计，因为在翁基村，游客多，茶室也多，把门前花草弄好了能吸引客人。

那一年，玉罗19岁。

毕业后，她回到到芒景村。外面开店成本高，房租、水电，还有生活成本，在家里就省去很多支出。外面开店讲认识的熟人圈子，在寨子里会有很多新的客人。而且，回到家帮忙打理茶叶生意，父母也可以有更多的休息时间。

玉罗有很现代的一面,离开寨子到外面玩,她会穿上紧身的牛仔裤与T恤等服装。

但在寨子里,她化妆,穿好看的民族服饰。拍家里露台上的茶桌,寨子里的落日与云海,摆到了树林里的茶席。她在茶室泡茶,也会带客人逛寨子。

外面的世界,她看过,学习过。

而砍学过茶艺,在普洱市做过茶店,现在回到芒景村。

在外面待过的她,总比别人多一些想法。

茶室的其中一间是烤茶店,与在寨子里其他以大木桌为主的茶室相比,显得很特别。墙面是竹子的,装饰有干的玉米、布朗族布包等饰品,还有供客人拍照用的当地服饰。屋里的中间是火塘,摆上小凳子,大家围坐喝茶。有时她还会请老人给客人唱布朗调。"他们体现出来的东西,是我们年轻人体现不出来的调子。"

她结婚不久,丈夫是外地的,留在芒景。

看他们一起烤茶,装袋。看他们参加寨子里的节日,也一起开车去外地。看他们有了孩子,孩子刚学会走路,摇摇晃晃地走在寨子里的弹石路上。

踏实简单,一日一日,在山里过日子。

有人留下来,有人在这里出生、长大。

大学毕业,在外地工作了三年,2021年,哎海辞职回家,结婚,开始做茶叶生意。

同寨子里其他年龄人相比,他有着少见的稳重,也会更多地表达出传承民族文化的使命感。

问他什么时候开始觉得有这种使命感。

"大学以后慢慢地发现的。从完全接受我的名字开始的。我也知道一些少数民族朋友都是一直沿用小学老师给他们取的汉族名字,很羞于用少数民族名字。现在我就突然觉得很为我有一个少数民族名字自豪,我要用少数民族的名字，包括以后我的小孩，我也会延续我们布朗族传统。哪怕我吃了几年的墨水，我还是会愿意用我们的名字。

"我在外面很长时间，一开始可能会有点觉得外边的文化很好，但是后面随着年龄的增长，还是会有民族的责任感、荣誉感。其实我还是有一个继续深造的愿望和决心，但是目前在村子里面还有一些事情，我觉得也非常重要。跟苏国文老师学经文，我觉得这个事情也是很重要的。南传佛教，我要学。另外在这边还有一些布朗调。其实我在外边十几年回来之后，有很多布朗话，比如说这个树叫什么树我都不认识，还有很多东西要学。我布朗话也学不全，汉话也学不全，然后我就会有一个瓶颈，语言瓶颈和语言障碍。

"我是后面慢慢成长起来的一个民族责任感。我一个人其实能做的事情是很小的，希望我们的学弟、学妹他们也做一点，我做一点，大家做一点。"

哎海的表述很正，甚至有些官方，但我相信那份真诚，也希望那份正气一直激励着他。

他在寨子里的生活越来越踏实。朋友圈的小视频，看他到山里砍下竹子，劈成细条，编成了院子里的篱笆。"手艺虽粗糙，细节也要拉满。"

倪新的茶室里除了茶桌、茶品的陈列架，在右边的一个角落，还有一个音乐空间，有架子鼓、吉他、手鼓等。18年的时候，下午常常会听到他和朋友们在练琴，节奏强劲、热火朝天的那种。那时景迈山人还不多，音乐撞击着大山里的寂静午后，很不乡村的风格。

倪新有四把吉他。第一把是初二假期的时候买的，帮哥哥做了三天半的茶，得到的奖励。本来是要买自行车，后面按他的要求，买了一把吉他。

第二把是他在普洱市自己买的，480元钱。几个假期他都回来自己采茶，有时卖给收茶的厂，有时直接到市场上去卖，有时自己也做茶，手里有了一些钱。

初中毕业后，有一年寨子里有表演活动，倪新买了一把电吉他，1300元，是比较贵的一把，那时其他伙伴有的都是普通的吉他。

还有一把吉他是17年出外去学习乐理的时候买的。学了一个月，虽然没学会多少，但多了一把吉他。

倪新曾经想做一个音乐加茶室的店，后来店里的乐器上都有了灰。再后来，新装修了茶室，他把乐器收了起来。"我们现在很少玩了，就唱的话其他歌也不会，还是之前那几个经典乐队的歌，后面就没有玩，很少玩了。"

但他有了新的爱好，骑越野摩托车和无人机拍摄。

除了在山上骑车过把瘾，他还想着骑车去西藏。他也想去认识摩托车俱乐部。"玩这个能接触到骑摩托的人，可以附带点做茶叶生意，也是这样想的。"

他用无人机拍景迈山的风景。有人在网络平台看到短视频就会问，这是在云南的哪里？等疫情过后，有机会就来看。有些人也会和他买茶。

喜欢一到春茶的季节，寨子里的年轻人都成了制茶、卖茶的茶人。

喜欢茶给了他们去做自己感兴趣的事的自由度。

命运·主场·限　　　　　　　　　　　　　一个茶村的生长故事

绘画 榆木先生

第四章 留谷村守主场

密林深处

俸心接了一个电话,然后跟我和玉龙说,晚上一起去翁洼村吃饭吧。南叔和妻子打来电话,告诉她,树上的大白花开了,想她了。

俸心喜欢吃大白花做成的菜。

她曾经租住过南叔家的房子,住了三年的时间。

南叔家在高处,我们在很大的露台上吃饭,被夕阳下的山景环抱着。

夫妻两人只卖鲜叶,不制茶。采茶季,天不亮就出门干活,一天可以采100斤茶。春茶季茶叶发得多的时候,南叔一个人就可以采70斤。虽然只有两个人,但什么都做,管理茶地,种植蔬菜和水果。

俸心说,有一次有些懒,没早起。南叔他们以为她生病了。"他们没有想到说是你偷懒,只会认为你生病了,因为在他们的理念里面，没有偷懒这样的想法。"

男主人很健谈。女主人几乎不说话，只是准备了好多菜，满满一桌，远远超过五个人所能吃的量。

走的时候，南叔拿了两大包干茶叶，要送给我和玉龙，我们坚决地拒绝了。

天黑了，我们走在回翁基的林间小路上，聊着南叔夫妇。

"如果他做茶生意，给你们送茶，我不反对。他就卖鲜叶是吧？他自己没有留多少干茶叶，就是去亲戚家借炒锅自己炒一点留着。平时招待客人随便留一点，然后自己喝这样。"

两人没有孩子。在寨子里，有没有后代是一件重要的事。有次俸心的朋友来住了一段时间。姑娘和善、勤快，大家相处愉快。得知姑娘还有一个姐姐，他们就问姑娘愿不愿意过继过来做他们的养女。读书可以供她一点，读完大学后，她如果不想留在城市工作，可以回山上管理自家茶地，都随她的意愿。如果愿意他们就去姑娘家，问一下她爸爸，跟她家认个亲，很认真地考虑过的那种。姑娘和俸心说的时候，抱着俸心哭了。

　　聊着两人的勤劳，聊着两人的孤单，聊着两人对他人的善意。黑夜里，仿佛从被搅动的躁动的茶村，落回到了坚实的土地上。

在深夜穿过村寨

俸心，云南临沧的傣族姑娘，在翁基村八年。她好像成了寨子里理所当然的一员，有时见到她，村民和她说布朗话，过了一会儿，才反应过来，改说汉语。

我问她八年了，和当地人是个什么关系？

"是什么关系我也不知道。"她又想了想："前几天，邻居给了我小番茄、豆子和肉。这么看我在这里他们会照顾我。然后我也会给他们东西。前两天有朋友寄了一些大枣给我，我就给了他们枣。"

俸心在寨子里的一天是从早晨开门、开窗开始的。她住的是传统的木房子，开窗时需要把整块木板向屋内拉，用一根杆子顶到屋顶，再把木制的插销推过来，抵住，才算完成开窗的过程。

一共有五扇窗，在转角位置。一边三片木板，一边两片木板。打开后，坐在茶室里，像面对着两个动态的屏幕，背景是绿色的山与树，时不时有村民路过，拿着东西的，背着手的，骑着摩托车的，牵着孩子的，依次走过，他们和俸心彼此打招呼。带着好奇的神态，向里张望的，是游客，坐着茶桌前的俸心如果抬头看见，就招呼一声："进来喝茶。"

俸心和团队伙伴做的事，和茶有关。

团队主要负责人唐毅斌曾是教授高考美术培训的老师，后来做茶。刚来的时候，寨子里懂品茶的人少，春茶季节，总有人捧着刚制成的茶，来到店里四处张望，"唐老师在吗？唐老师在吗？"喝了太多普洱生茶，每次春茶季过后，唐毅斌总是需要养胃两个月。

俸心是唐毅斌的学生，也是艺术设计专业毕业的。

之前团队帮村民做一些压茶饼的工作，春茶季节疯狂工作一两个月，凌晨两点还在加班。哪个村的人比较傲气，哪个村的人比较勤快，他们有切身的感受。

后来制茶需要许可证，对场地等有了更多的要求，团队就没压茶饼了。俸心做一些和茶相关的设计,也做装茶用的激光雕花的竹筒等定制包装,面向除景迈山之外的更多客户。

在寨子里生活,俸心保持着分寸感,与村民的客户保持一定的距离:"毕竟他们觉得你比较擅长跟外面的人沟通,他们可能会紧张。"

"不是所有的人都愿意待在寨子里。如果让他们来一个星期玩一下,体验一下ok,但未必愿意留下来工作。没有外卖可以吃,没有奶茶店,自己做饭,而且买菜比较麻烦,他们会觉得没法适应。"

寨子里生活并不浪漫。平时买菜依靠寨子里一周一次的集市,或是卖菜的流动车。过年前,和俸心一起去县城赶集,大袋小袋,又抱又拎,在我看来足够一个人一个月的量。那是她第一年没有回家过年,晚上做了菜,她拍照给担心她孤单的奶奶看。

那几天,她在仅搭了顶的简易厨房做出了好吃的红烧肉,用小米辣、柠檬等调料做出了好吃的蘸酱,晚上在茶室里用小炉子烤饵块。

有一次在微信上和俸心聊天，

"雨季是从什么时候到什么时候啊？"

"雨停了，天干了，雨季就结束了。"

"特别喜欢你的回答。安于自然的状态，而不仅是科学的、客观的视角去看。"

"自然的角度就是挺客观的，我想让雨停，它就是不停。"

雨季山里雨水多，湿气重，俸心常常觉得身体不舒服。老式木房也容易出状况。有一次凌晨四点，雨水从墙板的缝里瀑布一样落下来，她被雨水浇醒了。她看着，想了一下，才确定自己不是在做梦。

可雨季的时候，她还是愿意待在寨子里。可以上山采菌子，可以吃菌子。

我说菌子你要吃总是能吃到的，大不了到昆明去猛吃几顿。她说不一样，她追求的是上山采菌过程中的乐趣。

她吃菌中过毒。

"我看到的是一个五维的世界，就是全方位的，不是透视。我们看一个东西会看到它的正面,侧面对吧?你不会看到背面和底面,你不会在一个角度同时看到那几面。但当时我看到所有的角度都在发展,不管是360度还是什么720度,所有的面都在发展成一个世界。

"从一个小蘑菇开始,然后它就长,底下穿透,定位成一个蘑菇的形状。开始是一个蘑菇,一闭上眼睛又变成另外一个东西,一棵树,又变成森林,又变成湖泊,又变成海洋,又变成建筑。一个球在放射的那种状态,就是每一个放射的都是一个细节,都是一个世界,就跟脑袋被打开了一样。

"我躺着的时候,我觉得我是悬着的,就像传统的就像魔术那种。然后我好紧张,我抓着那个床,我怕我一动就掉下来怎么办。然后我就撞着了床。"

有时她要走夜路,骑摩托车或走路,从芒景上寨或芒景下寨回到翁基村,有两三公里。晚上12点也走。问她怕不怕,"我不怕鬼,鬼不会对你怎么样,我更怕人。""你就会觉得没有什么问题,就会那种很强大,你知道吗?突然就强大了,我不知道为什么。"

在深夜穿过村寨的傣心,有在熟悉的地方的踏实感。

不谈茶，我们来聊雨林

"翁洼雨林探索"由两个年轻人搭档主理，一个法国人，一个本地年轻人。

法国人JC的发型精心打理过，穿着有少数民族元素类似东南亚风格的麻绵材质的衣服，带着一个很大的银制挂饰，整个人收拾得一丝不苟。虽然是在乡间，但保持着一种绅士感。

岩砍来自翁洼村，在北京读了大学。他穿着和JC风格类似的衣服。和当地人与客人打交道时多展现少数民族的淳朴好客不同，岩砍有着大城市的高级酒店服务员的那种克制的礼貌和冷静的热情，说话和动作很有分寸感。

"翁洼雨林探索"不在翁洼村，而是在旅游更为发达的翁基村。

打造生活艺术是他们做的事。

房子是一栋传统的布朗族干栏式建筑改造的。可以是咖啡吧、酒吧、餐吧，也可以住宿，还展示有他们的产品。

房子和家具以原木为主，灯光和物品的摆放看似随意，却是精心设计过，不刻意中有刻意。户外空间简洁而敞亮，院子里芭蕉树摇曳，有在东南亚的感觉，不太景迈山风格。

这里不卖茶，而是卖咖啡、鸡尾酒、精酿啤酒等其他饮品。他们关注本地植物的研究和运用，有木姜子香薰、野姜花精酿啤酒、松露风味茶等产品。

他们还有定制餐活动，雨林徒步加野奢午餐、法式创意晚宴、传统布朗篝火晚宴、瀑布鸡尾酒廊、黄昏鸡尾酒吧等。

似乎没有人把景迈山定义为"雨林"，但"雨林"却是他们定位的关键词。

不一样的视角，呈现出另一种意象的景迈山。像是同一片土地，长出的不同植物。

不同于国内景迈山宣传片的规整和正气,也不同于村民自己拍的短视频的随意和凡俗,"翁洼雨林探索"的短视频更有探索和实验精神,呈现出尘世之外的荒野气息和异域风情。那是一个地方特征模糊的想象与象征,可以是景迈山的翁洼,也可以是亚马逊的某个小岛。

他们强化原始部落的神秘感。机构介绍和精酿啤酒的两个宣传短视频都提到一个传说故事,一个我几乎没有听当地人提及的传说故事。有一年大旱,当地布朗族的KA NAN XIAN(类似祭司)告诉大家,要找到一头夜晚会发光的野兽SIFI,它们居住在雨林之中,只在夜间出没,相传拥有神秘的治愈能力。一位青年终于找到了神兽,于是大雨降临,万物欢庆。

但另一方面,"翁洼雨林探索"打造野奢主题。相比大众旅游,他们活动是私人订制的,精英式的。宣传短视频很有电影的氛围感。既有越野车、溯溪这样的探险活动,也有舒适的环境,瀑布下饮酒的浪漫与放松。毕竟收费不低。

除了打造雨林意象，他们还引入了站位更高的生态理念，突出调研的专业性，突出保护生态环境，保护当地文化，让当地人能获益的公益理念。景迈山被描绘为国际发展视角下需要保护的"雨林"，而他们所做的事是在拯救"雨林"。

岩砍说到和JC合作的体会。"他的理念还是挺国际范的。我们都是从历史文化遗产、自然遗产和文化遗产这样子出发。""我们做的网页，包括短视频，它其实有很多都是布朗族的元素，但是又借助一些西方的东西或者是其他民族的东西，然后作为一个垫脚石，跳到更高的高度。"

作为国际团队，他们有自己的文化背景和思维逻辑，形象定位和品牌塑造有他们针对的客户群体，有懂得欣赏他们的人。

也有朋友表示对他们所呈现的雨林意象没有共鸣："雨林为什么吸引人，只有女巫能理解。"

绘画 姜丽

第五章

出茶村
茶山的江湖儿女

一个感触。在村子里，与外界接触较多，有眼界、有想法、有行动力的人，往往很难在周围找到与他们同一频率的人，能感觉得到他们没有人对话的孤独感和与故乡的疏离感。

在芒景村也是这样。

但茶叶给了他们机会。

越来越多的人走出了寨子，到外面更广阔的天地，寻找更多的可能性，虽然也面临更大的压力与风险。

出茶村，但离村不离茶，很多人仍然做着与茶有关的工作。

散落于四处，来自山林的茶，仍然是故乡赐予他们的礼物，滋养着他们。

而他们也在更广阔的天地，传播着茶山的文化。

玉亩就是玉亩

别人介绍玉亩时，总喜欢说，她的老公是美国生态人类学家。包括我也会这样补充。

后来我想，玉亩的特别之处不是因为她嫁给了人类学家。

玉亩就是玉亩。

我是和人类学家岩柯见面时认识的玉亩。"我们约晚饭。在家吃还是外面吃，我要问问我的太太。"感觉得到他对玉亩的尊重。

玉亩没有用"先生"这样文气的称呼，直接说"我老公"或是"老柯"。

玉亩和岩柯有同样的兴趣，做茶。也有达成共识的审美，布置他们接待客人喝茶的客厅，设计他们茶饼的包装。岩柯做网站，介绍茶的来源，景迈山的人文风情，把茶卖到国外。玉亩拍了景迈山的素材，岩柯会帮忙剪辑。

玉亩五官棱角分明，长得像外国人，小时候别人就这样说，还给她取了"老外"的外号。不到一岁的时候，有一次表姐带她到镇上吃饭，因为过于可爱，有人表示想把她买走。

玉亩短发。寨子里的风俗是女性留长发，盘头，她是我在寨子里见到的唯一留短发的女性。她喜欢穿硬朗的朋克风格的衣服，显得又飒又倔强。

她个子瘦小，但开着大的越野车。

她照相时不爱笑，眼神凌厉，自己也说："看上去凶巴巴的。"

结婚后，玉亩离开寨子，住在景洪已经好几年了。

她不像是寨子里的人。不仅是外貌，还有人的气质。有次在家里聊天，刚进来的人和大家打招呼，想当然地就把她当作了外面的人。

没有离开之前她对故乡就有疏离感。有时可以在家一两个月，不出外参加活动。别人见到她问："你什么时候回来的？"

现在回家她也很少和别人聊天。"跟寨子里面的人聊就是聊家常，我又不想聊那种。"

但她是渴望交流的。

有一段时间她待在寨子里，家里住了一个在当地做研究的人类学博士玉龙。玉甫会找他聊天，玉龙在房间里打字，玉甫搬个小凳子坐在门口讲话。

我也曾接到过她的电话，聊到她的孤独感，聊到她想整理自己拍摄的景迈山的照片，但缺少明晰的线索。

玉甫，又是不缺少社交生活的。

在景洪，她有画家、作家、音乐人、茶商、做文化调研的人等各种朋友。

她有了探索自己喜欢的生活方式的更大空间。

她在朋友圈分享她的生活。泡茶、手磨咖啡、品红酒、烤面包、做西式沙拉、攀岩，到高档的酒店，泡有格调的咖啡馆。以前在寨子里时，她曾在杂志上看到那种精致的、有品位的生活，向往那样的生活。现在她成为别人羡慕的对象。

玉亩学习了拍照和摄影。老人是她最主要的拍摄对象，她说之前拍了很多老人，后来有人去世了，自己至少可以给他们家里洗张照片送过去。而年轻人，随时都可以去拍他们。

我想，她还喜欢直觉地去感受老人带有的故事感。有一次和她去看展览，以当地少数民族头像为主题的木刻画。问到她的感受，她说："如果是图片的话，不是说一定要了解这个老人的过去，从他/她的脸上神态我就能知道，我会去关注这一点。版画的话我不知道要看哪一点，我看不清他们的眼睛，我也看不清他们的脸。"

对茶，玉亩有自己的理解。她说寨子里的人有些边炒茶边聊天和开玩笑，不用心。

"我一般做茶的时候不太爱讲话，我就觉得我要做这个事，我就要专注于我的事。不管你是谁，你来这里你看

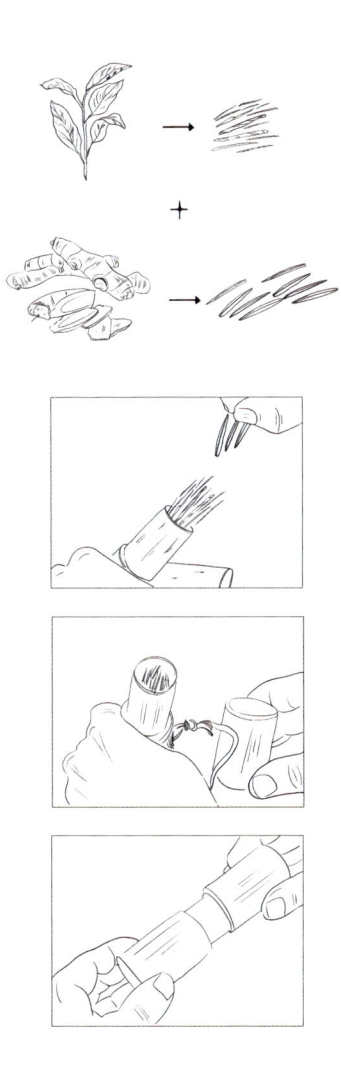

绘画 姜丽

第五章 出谷村 茶山的江湖儿女　181

我炒茶你就看，但是你不要太打扰我，不要非得要跟我一直聊天。"

"我做茶的时候，我肯定是先观察。我自己收回来的鲜叶，我肯定是要看它，然后才去做我的茶。我要先在脑子里面有一个想象，就是我要做出什么样的茶，嗯对，然后我按照我心里面所想的味道去做。"

她喜欢手工制茶。"机器的话也好，机器它可以控制温度，然后它均匀，每次的口感，每天的口感都比较均匀。手工就是有点不均匀。手工茶是又累人又赚不到钱的一个。但是像我的话，我还是喜欢手的感觉在里面，手艺的感觉在里面。你自己的手能感觉到茶叶在锅里面的变化是不一样的。你要做很多茶的话，你太着急，你都没有感觉到，你刚倒茶叶在锅里，你就已经哗哗地就弄好了，就太着急了。做机器茶也是这样，太着急。做手工茶你肯定要控制你的量，今天做多少，你就慢慢地做就行了，你会慢一点做。但是很多人就觉得我炒熟了就可以了，我要赶紧把这个茶做完，我要早点休息。"

她对茶有自己的要求。"我不太想跟别人一样，按照客户的要求来做，我不喜欢那样，我有我的要求。有些客户在工艺上会让你提前把茶的口感、茶的香气给做出来，这种茶它后期的转化是不好的。但有些是做批发的，他/她就觉得反正客户就需要这样的，就这样做给客户，我很反对这样做。"

> 名媛的下午茶在高档场所
> 我们的下午茶徒步
> 累了就原地就坐
> 泡一壶茶
> 感受大自然
> 听鸟鸣看蚂蚁爬
> 看小溪的水流石头长青苔

朋友圈，玉亩发了带客人在景迈山的林中徒步、喝茶的照片，配了文。

玉亩2017年才开始做茶，量不大，也还不够稳定。她知道自己的优势是认识的人多，大家会从不同的角度被她所吸引，有人喜欢她的茶叶的口感，有人喜欢她做的事。她也在探索更多的方式扩展茶的外延，比如在家里做茶席或家宴，比如把户外体验与喝茶结合在一起。

她说自己只想安静地做茶卖茶，然后做一点自己喜欢的事，但她的家人做了十几年茶，生意做得大，对她有不同的期待，有时甚至会有冲突。"他们觉得我这样根本就不赚钱，做不了很大的生意。但这是我想要的算法，我不需要很多钱。"

玉亩在景洪的房子是租的。在寨子里，家里的房子给她留了一个房间，她觉得自己像是借住在家里。

家里有一个鱼塘，周围就是自家的茶地。鱼塘旁边有一间小小的棚子，有时她会带朋友去体验一下，但那属于农业用地，也没有电，不可能改造成为一个工作室。

但她总是惦记那个地方。有一天她说昨晚做梦，又梦到了鱼塘。"我现在没有自己的房子，我觉得鱼塘就是我的小天地。"

一位文艺青年的转型

艾果是本地音乐人。我在一个音乐APP上看到他的照片，帅气，但图P得很厉害，粉面小生的感觉。第一次见他是在他的家里，怀里抱着还是幼儿的孩子，和图片上文艺青年的形象有些反差。因为要带孩子洗漱，准备睡觉，我们晚上很早就结束了聊天。

艾果唱歌有一种绵柔和软糯。像他的性格一样，是好脾气的。

听过他在各种场合唱歌。大家自娱自乐时唱，受别人邀请为客人助兴时唱，文艺演出活动时唱。

后来他纯粹表演性唱歌的场合少了。

特别是离开芒景，搬到澜沧县城后，唱歌做接待就更少了。一开始总有当地朋友打电话给他，说有重要客人，请他帮忙。几次他都不能上山，打电话的人就少了。

他有自己做音乐的骄傲。接待客人常常是几个人一起弹唱的小合唱："集中起来唱，感觉有点不对，就像我唱了，他跟着我唱，然后你也跟我唱，就感觉有点好像是我不会唱的样子。"

他说要写自己的歌，也会在电脑上做一些编曲的工作。

他写的歌主题大多是围绕赞美景迈山的美，自己热爱家乡。我们建议他，除了抒情性的句子，可以写得叙事性和具体一些，有故事，有画面感。无果。后来我想，那只是我们的想法，他有自己所理解和习惯的表达方式。

对音乐，艾果是真心热爱，但那只能是爱好，不是志业，茶叶是生活的基础。

"我现在认识的一些人，他们都跟我说不希望我唱歌。唱歌没有更多的利润，没有更多的时间去研究茶叶了。"而他也感觉："还是不能靠这种生活。"

艾果要接待客人，还要去找可以对接的资源，比如找一些需要送礼的酒店。

结交客人，艾果靠的是处朋友。

一次在景迈山，艾果一个晚上带我们转场了两个地方，喝茶、唱歌。

另一次在景迈山，刚好是冬樱盛开的季节，艾果带我们看樱花，看糯岗古寨。

他的车开得风风火火。看到一棵很高的古茶树，他兴冲冲地爬上树，说要拍照给客人看。已经是晚上9点，他说还早，一起去朋友的茶室玩。

即使已经成为父亲，感觉他还有爱玩耍的少年心性。

他更像是招待一个好朋友，分享型地玩，而不是服务型地为接待而接待。

他说本地人没有带客人来的导游讲得好，他们会讲得夸张一些。有些东西客人问起来，自己也解释不深，所以最好的方式就是带客人体验。看云海，看古茶林，看古寨，他懂得在茶山怎么让客人玩得开心。

"有的客人不一定当时就买茶，但是至少交了你这个朋友。有的客人是带着家人来旅游的，可能他自己不买茶，但是他可能有什么机会，就会把你介绍给其他人。这些人的朋友里可能有喜欢喝茶的，有做茶的，慢慢地，他就会给我介绍更多人。"

他真诚地对人好，也真诚地有所期待。

为了满足客人的需求，他不仅卖景迈山的茶，也卖其他地方的茶。

接触的人多，思维活络，又愿意行动和尝试，艾果喜欢折腾各种事。

景迈山的很多人家开始做自己的品牌，需要茶饼的包装。负责棉纸印刷的公司往往就承担了简单的设计工作。艾果有一段时间买了一台印刷机提供印刷服务，还尝试做图案设计。

最近几年他开始卖澜沧县的黑花生，见面时听他聊黑花生富含硒元素，对健康好，谈做花生生意是扶贫。

再一次见他，他开始关注咖啡。

再后来，看到他在朋友圈不断地发县城里有歌手助兴的餐吧的视频，不确定是不是他参与的新项目。

2022年初，我参加了艾果新房的落成仪式。不是在景迈山，是在他妻子的老家，一个离澜沧县城很近的村子，离机场也不远。

"我不在村子里面也没关系，不一定非要在芒景村。真正去到芒景的人，也不一定是大客户，他们都是那种来旅游的，顺便带一点去量也不会大。卖茶是要靠一些朋友。就说你在哪里开茶室都一样，都是要看身边的朋友。其实地点不重要，你的圈子比较重要。"

"如果在寨子里，两边都要跑。今天有客人，就要接他们，然后带他们上山，来回太辛苦了。这里离机场近。我在这边如果朋友他们需要茶的话，也可以马上去发货，都很快的。"

新房子像小洋楼的款式，很敞亮。景迈山因为申遗保护，新建或改造房屋受到很多的限制，在这里，他可以按自己的想法盖房子。

坐在茶室望出去，是普通村寨的样子，挨着的水泥房，树不多。

吃完饭，晚上9点，有请来的歌手助兴。有唱流行歌的，也有拉祜族的乐队唱传统的民歌。

他的妻子曾在北京做和茶有关的事，看得出是个做事利落的人。穿着灰蓝色的毛衣，没有化妆，连口红都没有涂，一直在忙碌。

艾果也没有刻意打理，穿着条纹衬衫，套一件马甲，忙前忙后招呼客人。

他没有强调景迈山的身份，也没去表现歌手的身份，只是茶人的身份。

从歌手到茶人，他少了些少年心气的那种活在当下的随性与即兴，多了一家之主的担当，沉稳了许多，务实、有规划。

家乡最好

关门节期间的一天,晚上有赕佛的活动。12点了,我们在村里的一户人家吃烧烤。矮矮的藤编的桌子上有烤五花肉、炒蜂蛹。桌子边散落着一罐罐的大理啤酒。我们旁边的一桌人在打牌。

他在我旁边坐了下来。朋友说,他是寨子里最早一批去勐海县做茶生意的人。

他有些醉了,虽然手里握着的是一瓶王老吉。他和我说话。

"小时候,我爸爸妈妈要我好好读书。我没听他们的话,读到小学三年级就没有读了。将来如果我有了孩子,他/她想去哪里读,就去哪里读。"

"我在勐海(的房租)要九万八。我叫个小姑娘看着,我还是回翁基,这里有我最亲爱的人。"他摆弄了一下藤桌上的两个碗。"一个300，一个500。都是挣钱，我选择300的那个，要开心地挣钱。"

"在那里的是什么朋友，喝酒的朋友。"

"有些人，见面聊的时候就没什么太多可说的。过了不久，又打电话来让出去喝酒。我真的想关机，想换号码。"

旁边打牌的人叫他，他看也没看牌桌一眼，扔了一张100元的票子在牌桌中间，回转头对着我继续说。

"45到48岁我回村里来养猪，种地。48岁之后，我什么都不做了。"今年他32岁。

"人活着嘛，开心最重要。"他重复了几次的话。

结束聊天前，他和我握手。转向身后的桌子，加入了牌桌上的战局。

绘画 榆木先生

第五章 出茶村 茶山的江湖儿女

我在北京很好

而川新换了一张微信头像,微微扬着脸,脸的下半部显得比正常的脸型宽,她不在乎,有着落落大方的自信。

19岁的某一刻,而川对自己在景迈山的状态不满意。

她不理解,为什么从小没有认真看的家乡,在外面的人眼中那么赞。

好奇的东西太多了,她想出去看看。

从景迈山到了北京,留在了北京。做和茶有关的工作,近四年了。

一起走在芒景村,而川会用手机拍一些图片。然后说,拍了暂时不发朋友圈,因为今天已经发了很多了,等回去之后慢慢发。"提醒大家我是做茶的。"

在北京,她先是去了一个茶艺中心做接待,包吃包住，收入不高但稳定。但她不喜欢被管理，又觉得学不到新的东西，便加入了朋友开的茶室，做活动，也卖云南的茶。我去过那个在胡同里的院子。院子里有蓝天，有一棵开花的树。再后来，她换了另一家公司，还是做茶，但种类更多了，不再仅是云南茶了。

参与策划和组织了很多与茶有关活动，客户群体不一样，茶会的形式也不一样，而川有了自己的想法。

"现在的很多活动是在做品牌，但是其实做得太精致，太好看了，有点审美疲劳了。"

她在北京参加了非遗传统文化的推广活动，但是体验度不太好。"我一进去听就感觉跟我太远了，他说得太高了，我融入不进去，感觉就是在被拒绝。"

她也发现很多人对外介绍景迈山或是布朗族文化的时候，有时讲得不够清晰。只说了一个框架，比如说山康节怎么过的，但为什么会有这个习俗延续下来可能讲不清楚。她发现，现在讲的这些话语都是长辈传下来的，老人知道这种风俗习惯，但只是一个感性的认知，好多时候也是有缺失的，他们也不知道。

她不想呈现一个标准化的信息,以自己的年龄以及现在的资历,也不够格,她想传达生活的气息,多分享,计划着联合景迈山几个寨子有特色的茶室和民宿,做一些在地体验的活动。

"并不是都不是好人,和我想象的世界不一样。"这是而川在北京几年的感受。

但她一直在寻找和确定自己想要做什么,找不到的话就继续再去体验,一点一点地发生转变。

她学习策划活动,学习拍摄和剪辑短视频,但除了技术,她更多地在琢磨视频产品的定位等方面的知识。

她看书,在北京最喜欢的地方是国家图书馆。以前在寨子里,周围的人不理解她为什么要看书。在北京,她想做什么就做什么。

她常常会选择在地铁看书。"我在地铁看书的集中力会更大,而且阅读量会更多。有时上下班的时候,有时休息的时候。我下班比较早,我想看书,我就坐地铁,两个小时,就来回坐到终点站,一直看。在一个太舒服的地方，我就思绪乱飞。你看看开始发呆，在地铁上你发呆也没什么可看的，你就专心看。地铁一年四季都一样，没什么变化。在家的话那个环境太舒服了，太了解了。我一会要吃个东西，一会又收一下东西，一会又打个电话，一会又感觉被套不干净，换一下什么的。"

除了学习，而川也在努力适应在外的生活。

健身，逛街，看景点，吃好喝好，享受大城市的忙碌与充实。

她在北京租的房子不大，30多平方米，她每个月更换床、柜子等物品的陈列，然后心情就特别好。

山里长大的姑娘，离不开植物。"我刚去的时候那个地方又干又偏，现在环境还是可以的，跟南方特别像，但有四季变化。房东家还会种各种果子，苹果、葡萄、黄瓜，种得特别好，但是他们都不吃他们种的。我说你们干嘛不吃，为了看，为了景观，不吃，是打过药的，他们想吃都不行。"

她在北京学会了自己做饭，但很多时候点外卖，因为太花时间了。

她的钱基本上花在去外面体验，或者是吃喝。衣服、化妆打扮之类的都不在意，是妈妈和外婆给她买的。

2022年的春节，而川回家过年。

家里人希望她回家发展，但而川还是想留在外面。

做茶是一个需要与人沟通的事，这几年在外的经历让而川觉得自己现在更愿意与长辈放开去沟通，而不是藏着和掖着，不像父母那一辈，他们不会去和子女沟通，也不会去向自己的长辈表达。

有时她感觉自己好像在修佛，但更多时候她有自己的坚持。

"如果跟其他人意见不统一，有对立的时候，我不会立马决定去做这件事情，我会让它去缓一缓，如果说这个事情我觉得还是不行，要去做，我就会坚持。我做一些事情的时候，他们其实是反对的，就想让我回来就采茶这些，我就说这些事情你们也能做，回来的话也不能减轻什么。"

三年没有回家，很多人见面都问是什么时候回来的。

我问:"有没有问在北京怎么样?"

"会问,我看情况回答。"

"什么叫看情况回答?什么时候你会怎么回答?"

"就看能不能聊一聊。能聊就说怎么样,不能聊就赶快说一下。"

而川在景迈山呆的时间不长,我们见了好几次面。我想,很多时候,她回到村寨,已经很难找到可以对话的朋友。

我们吃饭,参加活动,认认真真地聊天。寨子里的人都在聚会,很热闹的时候,我们爬山,去看节日里冷冷清清的茶魂台。我们在茶林里散步,那天她穿着一身白色休闲衣服。"回到家里面喜欢穿白衣服。我在那边穿黑衣服特别多。感觉应该会比较酷,然后也是一种自我防御。就是那种收敛一点,不想太张扬。"我发朋友圈,引用了这段话,她回复说:"今年主打绿色了,新希望。"

我是茶农

惠民镇一个展馆的外墙上，有一幅玉呢的巨幅画像，整面墙那么大。

好几年的国际茶日，她受邀参加活动。

几部关于茶的纪录片里，也有她的讲述。

玉呢是当地开客栈比较早的一批人，一些文创团队住在她的客栈里，她也就多了一些作为文化代言人的机会。此外，年轻的少数民族女性，热爱自己的文化，善于表达与沟通，也是合适的对外展现的条件吧。

不论是照片上、视频里，还是日常与客人面对面的交流中，玉呢的形象总是温婉可亲的，笑意盈盈的样子，是得体的，也是低姿态的。我想，她知道自己需要展现一个什么样的形象。

但我能感受到她性格中有主见的一面。

几年前,我刚到景迈山做一个项目不久。在她的车上,我说要找书记和主任说一下正在做的事,表示尊重,避免以后有什么麻烦。玉呢平时与其他村民交往不多,但还是会与村干部打交道。她分享经验:"你找一个就好了,找两个反而会有问题。"她语气和神情有一种平时不常见到的坚毅和老练,开车的动作更加深了那种果决。

也许这是她性格中的A面与B面,也许这是性格中外显的一面和内藏的一面。那种温柔之下的坚定是主见,她知道自己想要什么,该做什么,舍弃了什么,不断探索自己的位置。

15岁,玉呢去了广东为一位茶老板工作,后来在翁洼村开了一家客栈。

客栈不是商务风,房间有点偏简洁的宜家风,大厅的茶桌上铺的是赶集买来的本地少数民族做裙子的布,墙上挂着有竹编的簸箕,还有景迈山的手绘明信片等物品。客栈在高处,视野好,敞亮、通透。虽然与其他房屋距离不远,但高处的独立空间,让客栈保持了一种疏离感,一种诗意与远方的舒适感。

玉呢的视频呈现的也是诗意与远方。拍晒茶时，茶叶在不同时间段的变化。拍如何穿过林间，去茶地里采茶。拍传统的茶果育苗的方式。拍当地人过节。拍如何做烤茶，做白酒。在她的镜头里，景迈山是让人向往的生活。

和很多本地人随意拍的短视频不同，她的视频通常有两三分钟的长度，有剪辑，有配乐，算是比较完整的作品。细节处理细腻，有一种慢生活的节奏，不急躁的心态。那是天分和悟性，是勤奋和努力，也是阅历的积累。

玉呢的丈夫马志民在北京从事互联网工作。

当初为了女儿的户口是落在北京，还是景迈山，两人有不同的意见。

玉呢想让女儿留在茶山，毕竟这里是文化和生活的根。而马志民希望大城市能提供给孩子更好的教育，更多的机会。他一直认为，如果当初玉呢有更好的条件，一定能在大城市闯出自己的天地。

女儿上幼儿园的时候，玉呢去了北京。

绘画 姜丽

从西南的茶园到北方的城市，玉呢第一次做饺子，第一次看雪。

孩子渐渐长大，没有走在茶林里，走在了城市的马路上。

尽管如此，他们尽力让女儿保持着与故乡的联系。教女儿学泡茶，协助女儿把来自故乡所在县城的黑花生装进纸袋里，作为万圣节给幼儿园小伙伴的礼物。

假期，孩子回到景迈山，过寨子里的生活，做山里的孩子。

只是孩子在北京时不太愿意说布朗话，毕竟与故乡是割裂的。他们在想是不是回寨子里住一段比较长的时间，可那样各方面的成本都很高。

他们也考虑过再回到景迈山，取决于茶山申遗后的发展情况。

在北京更大的天地，玉呢也找到她与茶山连接的方式。

玉呢在北京的一家书店定期举办茶会，还有压制茶饼的体验。后来设计成更为系统的一组七个专题的课程，有布朗族与茶,茶叶的分类、茶的制作与冲泡等。

玉呢会穿上布朗族的服饰。她会强调自己的茶农身份,背后更多的是对茶的认知的话语权。她之前拍的短视频和照片有了用处,她从茶农的视角,展现当地人怎样看待茶,怎样做茶。

但她是见过世面的,参与过的节目与活动成为资历的见证。

比起客栈主理人,或是茶商,她更多地在展现老师身份。她以另一种身份被看见。

离开茶山,从具体生活到文化的象征意义,山依然在那里。

到哪里都可以卖茶，做什么都可以卖茶

2019年，我在芒景村参加了倪帕和陈柯洁的婚礼。倪帕擅长本地的民族音乐，那时在村里的小学教授民族音乐的课程。

晚饭前，院子里，倪帕拿着话筒随着音乐伴奏唱着民族歌，晃动着身体。微胖的他不是那种跳舞的好身材，但自有一种柔软的协调感。妻子陈柯洁来自澜沧县城，是汉族，不太会唱和跳，穿着红色的礼服坐在一旁嗑瓜子，任由倪帕活跃气氛。

澜沧县城有家运营了多年的茶叶公司，陈柯洁的爸爸妈妈，及爸爸妈妈的上一辈，都是卖茶叶的。

陈柯洁也卖茶叶。"反正书也读得不好。""反正是这里的资源，就这些，也没有办法去选择其他的，就只有

茶树。"

高中时她就开始做生意。卖自己家的茶叶,卖了以后把本钱还给家里。18岁开始养活自己,再没向家里要过钱。

这也可以解释她的爽落和务实。

陈柯洁说家里2006年、2007年就开始到外面做生意了,而倪帕2004年都才刚出过山里面。现在他们一起去各种展销会,去到广州、哈尔滨等地。那些场合,倪帕会表演唱歌。能吸引客人,有机会做进一步的交流。

他们在勐海县城的一个茶城买了一个小小的商住两用的店铺。上面住人,下面是店铺。虽然经济上很有压力,但不像以前租房担心别人涨价,担心一天忙到晚只帮别人挣房租。

"乡下过了那个季节大家就不去,就没有人了。过了春茶季,客人也不上山了,也不忙了。不像这里一年四季都有人。楼上放茶叶的话也放不了多少,去租一间仓库1万多块,可以放个几十吨茶叶。自己住,住房的钱也省了,而且方便,不用跑来跑去的,客人来找我们,楼上下来就行了。其实也不远，我们周一到周五在山上，周末下来也行。而且这边离景洪也比较近，交通也方便，我们出门也方便。"

除了景迈山的茶，店里也卖其他茶山的茶。做景迈山的茶，价格上有优势。做其他茶山的茶，价格谈不下来，还得真金白银去买过来。但名气大的茶山的茶叶市场认知度高，还是得做。

陈柯洁的怀里抱着几个月大婴儿，我们聊孩子将来的教育问题。

"我们的孩子肯定要让他在山里面读书，如果他出来他就不会讲布朗族语言了。小的时候不会考虑，因为怎么说，他在学习说话的阶段他能真正地记住了，你说以后再让他回来学习的话，就太难了。初中以后，我们就可能不会选择这里，最少是昆明省级的，让孩子有好的教育。我们这里的社会风气不好，你想一下家家那么有钱，那么多茶商，个个都比过去比过来的，你会有什么好的社会环境，一个都不想读书了。只要读到初二就觉得反正大不了可以回家去卖茶，就采茶，一天都可以采个几千块。"

芒景村小学没有专职的音乐老师，倪帕曾在一个公益基金会支持下给孩子们上一些传统音乐的课。基金会给的钱不多，但通过基金会，倪帕卖了一些茶叶，而且都是比较高档的茶叶。通过基金会，他们还认识了一些老师。在陈柯洁的计划中，孩子将来可以去北京学习，最好是和音乐有关的专业。

我问她："你们没有想着让孩子来跟你们一起做茶吗？"

"像做其他行业，比如做服装你还做不了，我们这个做茶叶什么都可以做，任何事情都是在一杯茶当中拿出来的。我们也可以去那边卖茶叶，孩子不卖茶叶也没关系。不一定他学习音乐他就不能卖茶叶，他在另外一个圈子他也可以卖茶，更好也不一定。很多时候你不用去做劳力，就是建立一个人气网络，反正我们的资源就是这么在走的。"

我看着对面的婴孩，长大后，以茶为生的命运不知是不是依然会在他的人生规划里。

绘画 姜丽

第六章

茶山价值的叠写

2022年2月初，离开茶村，一路到镇上，到县城，到市里，拜访了房地产商、茶庄园、茶企、政府部门等不同机构，这让我有了更多的外部视角来看景迈山。

本地人对申遗有着热切的期待，希望茶叶会涨价，希望游客来得更多。村寨内部也进一步契合非遗的阐述，进行了生态茶林和村寨空间的实地改造，当地文化的复兴也使地方性特征更为凸显。

外界的介入，让茶山有了更多地方意义之上的意义。

相关企业对景迈山原有的生态及文化进行包装，茶山成为被共享的资源。市文旅部门和普洱茶产业部门期待打造景迈山样本以带动整个区域的发展，茶山成为被规划的空间。更大的角度来看，景迈山申遗所强调的生态智慧与生态伦理也是向国际社会讲述中国故事的一个契机，茶山被赋予了更深远的意义。

各方有其不同的立场、诉求、资源与能力，虽然总体目标一致，但也有需求的矛盾性及各方力量的不平等性。

各方共同塑造景迈山不确定的未来，茶山在迎来发展机遇的同时也面临诸多挑战。景迈山不是一个静态的、固定成型的遗产地，而是一个正在进行的未完成时。

茶山的形象再造与实地改造

"那时的印象是景迈山就是拖拉机。"2022年2月初去了芒景村的朋友说。早一点的工人6:30就开始工作，拖拉机每天都有二十几辆，轰隆轰隆的，那是他每天都会经历的。

申遗的规划与改造工作正在进行。比如对道路的改造，对裸露电线的修整，对生活用水的一些管道的重新铺设。

而这两年和寨子里的朋友聊天，大家谈得最多的是房子，拆除的、新建的、改造的、待批准新建或改造的，"批准"成为他们经常提到的词，生活与生产的需求与村寨风貌的保护如何协调成为景迈山面临的挑战。

来自北京的机构，负责在地申遗规划与执行的项目负责人邹怡情在一次线上讲座中分享了团队在景迈山开展的工作。[1]她提到了家园、以人和社区为中心、可持续发展等概念和原则。特别指出景迈山处在一个进程之中，以静态或者说是某一种所谓的原型的理念去保护，是不能够指导景迈山的工作的，甚至会产生非常大的矛盾。

团队开展的工作包括宏观的规划，中观的村落保护工程，微观的民居改造更新与新建。团队编制了遗产地的建设活动导则作为遗产管理工具，来规范、引导、管理、监督整个遗产地范围内的各项建设活动。在具体的执行过程中，除了清退一些房屋，更多是通过风貌改造、体量削减的手法，对遗产地的整个景观特征进行梳理。重度的降层或削减体量，中度采取加盖屋顶等方式，轻度的有刷墙、贴木板等方法。鉴于山上的村民自己生产、生活所需的新建工作不能回避，团队还协助做一些民居的新建工作，以便新的建筑与村寨保持整体的协调。

团队希望山上以后尽可能地发展面积较小的手工制茶作坊，现代的机械厂到山下发展，因为山上的建设用地容量有限，传统村落和传统建筑的尺度也比较小，如果建一个上千平方米的现代茶厂很难是协调的。

---

1 邹怡情.景迈山古茶林文化景观遗产保护实践与反思（线上讲座）.2021.12.12.

尽管申遗团队已尽量平衡保护与生产的矛盾，但生产空间受到限制仍然让大家焦虑，在他们看来，场地条件是当下发展生产的关键问题。

"大老板来这里，你能不能给我出这么多货？他要谈大单的话，他都是看看场地。你那么点场地，你那么多茶叶哪里来的？对吧？他会算得很清楚的，算一下就知道一天能晒多少平，能出多少茶叶，然后再算一下你的产值，就知道这个茶是不是你做的。如果你说是亲戚这些弄过来一点，你做了一点，那种人家还相信。如果你说全部自己做的，谁相信你？"

作为重点保护的传统村落，翁基村对于建筑的要求更为严格。离现在村寨几公里之外的一片建筑用地正在规划中，以缓解生活和生产的需求。虽然最终能否实施还不能确定，寨子里的朋友已经在考虑。有朋友说，接待客人的茶室仍然在村寨，但将来会在那里居住和生产。一个原因是因为茶业经济发展后大家都留在了村里，人口增加，而房屋的面积不增加，房间紧张。另一个原因是老人不喜欢被随意进屋的客人打扰，也不习惯与客人相处。如果有外面的人来,一大桌的菜,家里的老人可能就端着碗到一旁,静静地吃。"在那边盖厂房,然后慢慢可以盖一个住的地方,寨子里接待朋友就行。白天来这里上班,晚上去那边。"

还有朋友说,原来曾提过一次村寨搬迁,后来没提了,他认为村寨要有真实的生产生活的气息。"古树茶它本身是我们当地先民,不管是布朗族,不管是傣族,老一辈人的种茶传统。林下种茶这种传统一直在延续下去,你把我们搬掉了,你让外面的人来经营这块地,然后那些人进来的话,他不是考虑当地要怎么保护下来,他考虑的是要怎么赚回这笔用上的钱,他不是长期生活在这里,不依赖。你把这批人(当地人)搬掉了以后,第一个它会破坏了当地的生态环境。第二个的话,民族气息就不在了,像你们过来看的什么山康节了,什么丰收节了那些就不存在了。大家(我们)不可能专门来这里过个节,太假了。(我们)不正规做的都比外面人来做得要更正式一点,有这种珍惜感。对,要有生活的气息。当地的根就在这里,如果要离开这个地方根就没了。"

把厂房搬到山下或把茶叶运到山下的惠民镇加工也不现实。芒景村离惠民镇单程30公里，盘山弹石路，耗时约50分钟。鲜叶运输过程中的抖动会让叶子断裂，不好看。再则，鲜叶堆在一起温度会升高，加速发酵氧化。

有朋友也不愿意到镇上卖茶。"如果我是个外地人的话，我可以随便去哪里开个店都无所谓。但我毕竟是这里的人，我肯定是想在这边生活，然后想让自己的客人能体验到景迈山的一些景观，还有一些人文（景观），肯定还是想带他们上山的。"

有朋友希望山上能打造旅游，要让寨子留得住人。"要不然来我们这里的那些朋友还有客户，他们不会在山里面呆的，最多待两天。""现在说让客人到镇上去消费，下面吃住玩，但他们在大城市里面已经很熟悉了。"

2022年5月21日国际茶日，政府的官方账号"澜沧拉祜"视频号发布了一段短视频，视频最后有景迈村和芒景村的村民宣言。"我们要熟悉保护古茶林的法律法规。""我们不要破坏或侵占古茶林。""我们不要随意圈占宅基地。""我们不要修建破坏传统风貌的现代建筑。""我们不要修建大体量现代厂房。""我们不要过度商业化。"

作为一个正在发展的村子,景迈山需要在发展与保护之间寻找平衡。申遗有明确的目标和标准,村寨需要呈现出非工业化、非城市化、非现代化的面貌,但个体的生活有复杂多样的面向,更为具体和立体。个人的发展服从于整体的保护,个体也只能是去调适。

送你一座游乐城

早在2019年12月22日，澜沧县人民政府网就公布了将惠民镇更名为景迈镇的意向。景迈山下的惠民镇，新的产业在加速行动。

2022年2月，镇中心，一个即将开业的茶城正在招商。"世遗景迈山，家门口的茶叶市场"。"在景迈山与世界接轨。""入住世遗景迈山的最后门票。"宣传海报上，似乎申遗成功已成定局，成为卖房的一个噱头。

茶城的几栋楼分别作为茶叶交易市场、餐饮和民宿。价格并不高，小面积的一套三四十万。在茶城售房的小视频里，虽然制作不够精良，做销售的姑娘穿着民族服装认真地介绍茶城。我和朋友去的那天，一个姑娘有些匆忙地迎出来，穿着家居服，脚下穿的是拖鞋。她大概是新人，有些底气不足，请了级别更高的中年男性来介绍，自己退到一旁为我们泡茶。听口音，男子是外地人，气势很足，介绍起来雄心勃勃。

他先讲到了旅游资源。他没有讲景迈山原有的民族文化或生态资源，更多强调的是后天再造的资源。在他的描述中，未来的小镇像是一座游乐城。

"申遗成功跟我们老百姓切身相关的就两件事情，一件事情就是我们这里的茶叶变得好卖了。第二个是我们这里的旅游会起来，做成国家的5A景区，那它就能进到大型旅行社的旅游线路里面。

"现在有团队，有旅行社已经过来了，他们派总经理过来，接下来有十几家旅行社是要跟我们签约的，那么接下来他们会把团队带到我们这里来，因为我们跟版纳是一条线，他们会把旅游团带到这边来，在我们市场里面去购买茶叶。

"到时候希望是客人住在这边，然后上山去玩一天下来。以后的私家车是开不上去的，全部到我们这里集中换车，换成电瓶车，换我们的大巴。所以这边的入住率还是可以的，因为大家如果不能上去，就集中在这里。

"那么游客来了之后要有玩的内容,我们现在在打造这些玩的东西。你比如说我们温泉酒店在建,包括后面的游客中心和帕哎冷广场,把这些串起来。

"将来镇里还会有个唱歌跳舞的演艺中心,像'丽江千古情'这种类型的有情节的大型文化演出,这个是包含在我们景迈山的门票里面。我们还有一个5D影院看我们的申遗宣传片,还有一个五星级酒店。

"现在已经在打造景点。我们要打造一条马拉松赛道。做漂流的已经在做勘测。还要打造景迈山上7个有故事文化的景点,有4个博物馆现在在做。"

他又讲到了茶叶。

"整个惠民镇将打造成一个闭环,原产地销售,原产地储存,原产地生产。

"以前要买点茶叶,你可能到山上一家家去找。那么现在很多茶农就是搬到我们这里面形成一个市场。我们这个市场未来打造一个叫景迈山茶的一个国际品牌,还有一个原产地认证。它有一个好处,最明显的好处就原来他在家里做毛茶,毛茶这玩意它不值钱,你知道吗?它一袋袋往外运。他拿了这个店以后，他就自己加工一些自己品牌的东西，那么他的利润就高一些。

"进了市场以后，它的资源就多。可能来的时候到市场里面看到他家的货，以后便形成一个长期的合作。以后可能加个微信，他就可以直接发货。我们这个位置，直接就可以对他来讲，让他的茶叶更好卖一些。以前他们是什么？他随机，客人随机地去，我就把茶叶供给他……主要是集中在一块，能够大家形成经营的一个效果。

"我们现在4楼那一家公司，他们是干嘛的？他们从南京、上海、浙江请过来的电商直播的老师……做培训，教大家。现在我们这里很多做产业的老板要跑到勐海去学直播带货怎么做。"

虽然茶城本身的面积有限，但销售人员列出了大堆直接或间接的茶城所能依附的资源，政府为申遗而打造的资源，为发展旅游而投入的资源，其他商业机构的资源。在投资与回报的销售话语术中，真真假假的信息不知有多少夸大的成分，不知是确切的内部消息还是道听途说的传闻。但能确定的是，打造的规划和行动正在小镇展开。

世界的景迈山与个人的私享服务

惠民镇有两家茶庄园。茶庄园A做了多年,借鉴国外葡萄酒庄园的模式,有茶园、制茶坊、酒店等。茶庄园B是一家高端连锁酒店,刚刚起步,酒店还在建设中,但存茶的茶窖已开售。两家茶庄园都集旅游、住宿、茶产品为一体,面向高端客户。

两家都不在景区内,一家在惠民镇的边上,一家在离镇近20公里的另一个村。周边的茶林是近几十年种植的生态茶,而不是景迈山申遗所强调的林下种植的古茶林。但这并不妨碍茶庄园借用景迈山的名气。

同样是蛊惑人心,与房地产强调投资与回报不同,茶庄园用"世界有座景迈山"这样的话,拔高一座茶山的格局与高度,再用一些有格调的描述彰显其品位和地位。

"她(庄园)把茶真正做成了一种生活方式、一个传播文化的载体、一种生活美学。"

茶庄园A在公众号里写道。

"这里双脚踩在泥土，万物都在欢腾中成长。信仰是草川自然里滋生的灵魂，与山川对话，人们在这亘古的时间里找到了支撑生命的介质，用生命影响生命，凝练智慧的结晶。"

茶庄园B在公众号里写道。

一方面，坐拥山林，坐享山林，是两个茶庄园都会渲染的。另一方面，这样的服务仅对少部分人开放。

我和朋友在茶庄园A的住宿区，被尽职尽责的保安大叔拦在了门口，不是住店的闲杂人员会打扰客人的私密性。虽然他态度友好，在门外亲切地回答了我们的几个问题。

另一个体现服务的私享性的是茶窖。茶庄园A解释为什么要藏茶。"原产地窖藏中的微生物环境对促进茶叶的快速转化起到了关键作用。窖藏茶经过数年的贮存，它所带来的品饮价值、健康价值、市场价值都有着可预期的增值，所以收藏普洱，既是收藏健康、收藏文化，也是收藏财富。"

作为国际连锁酒店，茶庄园B主导的茶窖更为豪气。首先强调其美学茶窖的概念，茶窖由国外的设计师设计："当从天空俯瞰茶马古窖时，种子窖与景迈申遗中心就像是'山丘上流动的茶田'。穿越青翠山丘，趟过悠长茶田，茶安睡在这个簇新的岩洞里，俯瞰着采摘它的田野。"茶窖很美，但让人疑惑的是，建筑师的设计灵感来源于拉祜族的葫芦图腾，虽然澜沧县是全国唯一的拉祜族自治县，但景迈山种茶的为傣族和布朗族两个主体民族。

茶庄园B的茶窖还突出其科技性。描述人工智能、区块链、物联网、工业智能技术将赋能普洱茶全生命周期。运用区块链上数据不可篡改的特性，对普洱茶生产、运输、存储、交易进行全程跟踪。仓储实行无人化管理，最大限度排除人为因素对普洱茶窖藏的影响。

同时强调其为私人服务的特性。"有了身份识别信息，这255个来自普洱茶源生之地的私人专属茶窖，是窖主身份的认证，同时也是普洱茶收藏者地位加持的巅峰。""作为全球首座万吨级智能茶窖藏空间，茶马古窖是服务于'个人'的，正在做的事是具有创新性的。"

命运·主场·限 　　　　　　　　　一个茶村的生长故事

绘画 榆木先生

被茶庄园A的酒店拒绝在外的我们，得以在它的茶产品区喝到茶，与两位泡茶的茶艺师姑娘聊天。在云南，很多高端酒店都有私人定制旅游服务。庄园A也有景迈山的定制旅游，一般为一天的行程。姑娘介绍说行程主要是景迈村的大平掌古茶林、翁基古寨，如果是散客，时间不紧迫的话，还可以去看糯岗古寨和茶祖庙。

定制旅游的文案这样写道：

> 开启一段世界茶源地的朝圣之旅。
> 走进景迈山深处参与延续了1700多年的茶祖祭祀，
> 这里的布朗族是最早种植茶叶的民族；
> 走进雨林与茶林的秘境，去瞻仰古老的生命；
> 走进千年万亩古茶园，寻访茶的起源；
> 又在白云深处的茶山寨，
> 看看世代与茶相生相依的民族，
> 洞悉他们长寿的秘诀，
> 然后喝一杯世代相传，
> 由布朗头人煮制的浓烈醇厚的布朗烤茶，

品味茶的原生力量。

文案强调在地的文化体验活动，景迈山原有的生态与文化转化成为可共享的资源。

另一方面，茶庄园也为在庄园工作的当地人带来了积极的影响，让人看到他们对未来的规划及掌控。

泡茶的两位姑娘都是19岁，一位来自景迈山的糯岗，一位来自惠民镇，受过专业训练的她们泡茶时端正优雅。她们说自己在茶庄园学习的内容包括品鉴、辨别茶叶，各大茶山的历史等，还接触了茶道、花道。对她们而言，在这里的学习和工作的经验也是为自己将来的发展积累基础。

"以前我就是读茶艺、茶道这块的，才毕业就想学点经验。一方面就是自己家有茶园，一方面反正又近，还可以学一点跟茶有关的东西。

"等自己沉淀以后出去,各方面发展会更好一点。我们这边外地来的朋友特别多，他们跟我们聊点知识，我们也会了解一点，时间长了，各方面的都会懂一点这样的。客人都是来自不同的地方,他们会把他们地方的知识,就饮茶习惯都带着讲给我们,然后我们自己也可以学到一点。"

离开茶庄园A的几天后,我收到茶艺师姑娘的微信私信,向我推荐2万元的会员,包括茶饼、住房等服务。我回复说,我和山上的朋友都挺熟的,更希望吃住在山上,从朋友那里买茶,下次有其他有意思的活动再参加。

山上的村民,山下的庄园,各有各的目标群体,对应着不同客户的需求、经济能力与社会地位。当地的自然资源、文化资源、当地人的生活成为可转化的商业资源,成为少部分人才能私享的服务。

与普洱市茶叶和咖啡产业发展中心的副主任王永刚聊天时,他说到,传统的招商引资的思维有一个局限性,关注你会给我建什么厂,其实建厂加工这些都是小事,关键是渠道跟品牌。他又说到,茶城、引进茶庄园B等都是景迈山整体规划的一部分,推进一二三产业融合发展。

这些企业带来了资金、技术、理念,还有大的企业才有的渠道与品牌,这是政府所需要的,而他们,也必然会把景迈山推向更高更广阔的一个平台。

社会往前推的时候，我们要帮他们往后转

坐落于澜沧县城的L公司是普洱市最大的茶企，也是景迈山茶叶鲜叶的重要采购商。董事长D女士个人的命运与景迈山紧密相联。1966年，澜沧县古茶山景迈茶厂创办了第一批茶叶培训班，15岁的她是这一期学员中唯一的女性，直到今天仍在做茶。

L公司的产品涉及澜沧江流域的多个产茶区，但景迈山的茶是它的主打产品，还注册了布朗族茶祖"帕哎冷"的商标，根据原料的等级不同而价格不同。L公司做的是拼配茶。不同区域的茶口感有差异，同一区域的茶，不同年份也会因为气候不同而有差别。L公司常年保持一定数量的原料库存，不同茶的拼配让茶有更好的口感，也让自己品牌的茶保持口感的稳定。

L公司主要与景迈山的部分合作社合作，有的大户还

入了公司的股，彼此关系紧密。要成为L公司的长期合作伙伴，寨子里的朋友认为，要有场地，要有生产能力，要能管好产业。类似的，L公司说，收购的量要达到标准，少了做不了规模，合作社要有一定的资本，才能掌控这个量。此外，负责人还需要有一定的茶资源和一定的话语权。

由合作社去对接村民，可以减少公司单独与每个茶农沟通时间的成本，而且更有效率。与L公司合作的负责人，多是寨子里比较有权威和决策权的人，在组织村民和说服村民做事的时候比较顺利一些。出现问题，比如有的茶农不诚信，用小树茶冒充古树茶的时候，负责人更容易去做沟通的工作。

负责对接的合作社需要管控品质，加上公司持续的培训，提升了当地茶叶的品质。"以前大家只需要把茶做出来，但是它没有一个好的标准，我们现在会有一个下乡的技术指导，慢慢地他们就知道这个茶怎么做得好喝，怎么样才能卖到更高的价。""有榜样的力量，他/她看到有好处了，就知道确实这么做比较好。"

古树养护是L公司的一个项目。公司在芒景村选了4000

株古树约20多亩地进行为期三年的养护,不进行采摘,施一些农家肥。三年过后采摘时也注重手法,不对茶树造成损伤,夏天休养,不采摘。三年养护期间,公司给茶农补贴,采摘时按市场收购价进行收购。直到现在,这款产品仍然以较高的价格售卖。

  L公司还资助了芒景村的茶魂台和景迈村的大金塔的维护费用。每年4月是春茶季,也是布朗族祭祀茶祖的山康节。L公司会组织经销商和茶友在澜沧县城聚会,称为"回家之旅",会设约60桌的茶台。一部分人会到景迈山的茶魂台,D女士说:"去祭祀一下我们的这些茶魂,然后唤醒我们春天的第一批茶,这个事情挺有意义的,对,就敬畏我们的那些树木。"

  景迈山的茶识别度不是特别高,产量又比较大,所以价格不算高。同样是景迈山的茶,比起当地的茶农,因为有品牌的溢价,大企业能卖出更高的价。而且因为品牌的认可度,流通性好,作为收藏来讲,也就有更高的金融属性。申遗成功后,有人期待茶价会涨。但D女士却强调:"社会往前推的时候,我们要帮他们往后转。"

"我告诉那些茶农了,我说茶叶价格不是越高越好,要适中才好,你高就要死。我们的产品,有的说你们茶叶很好,但价格有点贵。还有的说你们茶叶太好了,但价格低了送礼拿不出手。你太高太低都不好,要找到这种定位。

"宣传越多的时候,价格可以适当地有些波动,但是不要太离谱了,不能溢价太高了。

"不是越高越好。那时候四五块五六块,现在四五百、五六百还不满足,所以人的欲望是要控制的,还是要回归理性。"

不确定D女士担忧的真实原因是什么。担心鲜叶收购价会上涨?知名度提升会引来更多的茶商,江湖混乱,搅乱公司已在景迈山建立的优势地位?担心村民浮躁的心态会影响茶叶的品质?担心村民有了更多的机会发展自己的品牌?无论如何,大品牌企业的规模化、标准化、政府给予的扶持等优势都是村民不具备的。2022年5月30日,L公司在港交所提交招股书,推进上市的相关工作。公司仍然会与景迈山命运相连,但也还会发生改变。

打造景迈山样本

普洱市主打绿色经济和绿色发展，不论是对于文旅部门还是普洱茶产业部门，景迈山申遗都成为开展工作的重要契机。

在普洱茶市场，古树茶价高。有名的产古树茶的山头，西双版纳州比普洱市多。普洱市的茶叶产量大，生态茶多。

扬长避短，普洱市主打生态茶。普洱市计划在2025年全市有机茶园面积达到100万亩，其余茶园全部实现绿色化管理，基地化率达80%以上。[1]

有了申遗的助力，普洱市打造"普洱景迈山古茶林普洱茶"品牌建设工作。"用好'普洱'这一金字招牌，以景迈山古茶林申报世界文化遗产为契机，把小品牌集中

---

1 《普洱市茶产业"十四五"发展规划》.

起来打造'景迈山'大品牌,进而推动26座古茶山品牌打造。并逐步辐射延伸,要在所有农产品上打上普洱地理标识,让消费者一看就知道产品源自空气最好、生态最优的普洱,让普洱产品成为健康、有机、绿色、生态、无公害的代名词。"[1]

打造景迈山品牌,就是助力打造普洱市的茶叶生态品牌。

普洱市物产丰富。除了茶,还是全国最大的咖啡产地。近年来提倡三产融合,山谷里长出了茶庄园、咖啡庄园。

山上保持原有的生活状态,山下提供更好的服务,是普洱市文旅局罗树忠副局长对于景迈山发展的主要思路。

山上应该保持原有的自然生态和文化生态。

"目前省委省政府给我们的任务叫生态旅游胜地。生态它有两个概念,第一个是自然的生态,第二就是文化的生态,国家标准里面这么定义的,考核的时候不一定是以经济为主。策略上,山上的适度开发肯定是未来的一个最

---

[1] 卫星.普洱,打造绿色大健康产业发展样本.普洱,2016(12).

核心的主基调。

"文化遗产它有一个原则,你不能用遗产来收费,我们只能是遗产的展示,提供相应的服务,在服务上面去获得收益。我们申请的是文化景观,它就是我们生产、生活的一个习惯,和这个地方的一种已经成型的生活状态,所以这一块的保护实际上难度是很大的。

"茶叶从树上采下来,你就必须要把它做成干茶,做成成品,所以它肯定是就近就快的原则。在上面(景迈山)肯定还是现在这样的一种加工方式,这种加工方式实际上我认为它就是一种活态的非遗,而且如果没有生产这样一些感觉,一个茶室卖茶也不好看,也没有那种感觉。拿到下面的加工厂里面加工不大现实,而且还是山路,它只能是这样的状态。我们也认为应该保留,它也能存活下来,而且能发展得很好,那是很好的事情。可能在卫生这些方面做一些规范,做一些提升。"

山下的惠民镇提供更好的服务。

"景迈山还有很多不尽人意的地方,至少交通的通达性,还有它相对的公共服务的完善程度,这些都还有问题，所以山下片区的开发是我们非常支持的。冲着茶叶来景迈山有没有这种人？有多少人？能不能支撑起这个片区的老百姓的收入？显然是不可能的。首先这个问题，买景迈山的茶叶的人是不是都到景迈山？不可能。喝景迈山的茶叶的人那就更不可能了，连那几个经销商都不是非得每年上山去采购茶。为了喝这批茶叶跑到上面去，用一个物产去吸引游客，基本上不成立。大家对茶树的想象，有些时候甚至都不是现场见到的那个样子，去了以后很多人会失望的。但是不怕，你先天不足，我们后天补齐。你就要做一点，让人觉得不虚此行的一些产品业态。山上能做多少？山下能做多少？

"可能就会有一个分流的办法，比如主要的一些旅游产品，可能集中在惠民镇，让你好吃好玩。在山上就要有一个限制人流，肯定热爱的人你才会上去，你不爱的人你在山底下待着已经足够了，你不用想着往上跑。实际上借它的名，但是核心肯定是要在山下，山上的保护性的开发，肯定是一个主基调，跟其他地方完全不一样的。我觉得难题是难在这个地方。

绘画 榆木先生

第六章 茶山价值的叠写

"所以不完全是打造景迈山上的茶,而是周围的那些村子。本来也有老达保(村),还有一些高端酒店,它就是要形成一个社区,这个社区就是一个旅游特色小镇,要为大家提供游玩、休憩等等一系列的东西。许多老板也觉得下面那么多选择,我需要的时候我白天去收茶,晚上下来,都有可能的。"

山上只能适度开发。

"景迈山还有点不太一样,它有茶产业,所以它可能跟其他单纯发展旅游的还不太一样,包括那个民族文化,特别像芒景村很明显,它开始意识到文化的重要性,是因为可以增加它茶叶的附加值,所以它跟其他地方的发展策略会有些不一样的东西。

"我就告诉你这个地方很好,玩的是什么东西都在山下,山上那个就可以让一部分人,或者说让人在一定的时间内做一个浏览,所以这是短期的一天的。长期待在上面我觉得不是好事,外地人上去的太多了以后,那不是好事情。

"所以最好设计一个一至两天的线路,你看看你就下来了,山上的开发肯定是要适度的,会鼓励本地人留在本地，而不是外地人上去。看完了还是会下山去，上面还是保持它原有的生产、生活。

"我说的这样的控制指的是比如说你一下知名度增加了，游客突然来了，村子能容多少人，不可能被放大。如果少量的人上去还是可以的，私家车肯定不让你上去。怎么上去？只能是他出来接一下，或者说你就直接坐公交上去，它也会有一些村民自治的办法来确认。客人是在我家住的，我会给你提供一些相应的证据之类的东西，你可以凭着这个上来，你想开私家车上去估计肯定是不行的。

"但现在肯定老百姓自己会接待客人的，他有自己的客群，我们说的这是大量的外来的客户，我们只能是这样的方式。但是老百姓如果是茶商跟他合作去住他家里这样的东西，你肯定是不能禁止它的。它也是销售，它属于生产的一个环节，这些茶商还带着自己的客户，带着自己的客人来，它本身也是培养忠实客户群的一种方式，你也不能去把它断掉了。"

政府部门还在和各个团队对接，但大家的开发思路还不清晰。

"目前作为整个景区的开发,或者说整个片区的开发,它的规划都还在摇摆不定。不管谁去做,保护的红线先拉,红线以内是不能去随便去碰的,红线以外的这些怎么样来做,他们实际上自己还没有一个清晰的思路。现在我们请来的这些投资商,他们都带了一些团队,都带了一些开发思路跟景迈山管理公司在碰,现在都是一个碰撞的过程。大家都知道那是个好东西,但是大家也都知道上面有很多限制。"

申遗让景迈山自带光环,不论是文旅项目还是普洱茶的区域品牌打造,政府将它纳入未来发展的整体规划中。景迈山不再仅仅是景迈山,它属于全局的一部分。

尾声：一个茶村的生长故事

茶叶生长的季节，芒景村的朋友常会用到"发"这个字。"茶叶发了"，"茶叶发得多"，等等。"发"，代表着蓄力绽放、生机、生命、希望等生长的状态。发展、发酵、发力、发财……我们能从其他一系列词里，探寻到类似的含义。

人与茶共生，人与茶共同生长。生长是热烈的，蕴含着蓬勃的生命力，暗涌的能量。生长也是多样和复杂的，有好的，也有不好的，有改变，也有变化中那些不变的稳定性。生长是时代的命运带来的机遇及延伸的各种可能性，是个体的努力，也是群体的合力。

地方再造的过程，是国家、区域、社区多个层次的叠写；是各行动主体的多方理念的叠写；是经济、文化、政治、生态多个价值维度的叠写；是市场的需求与要求，传统的生态伦理和生态智慧与当下可持续发展理念的叠写；是地方性知识与外来理念和技术的叠写。

地方再造的过程，重塑了人与自然的共生关系，本地人重新认知了古茶树与生态茶林的价值；重塑了村寨内部的共生关系，村寨成为经济、文化、道德、情感等多种因素交织的命运共同体；也重塑了村寨与外界的共生关系，呈现出个体与整体、部分与全局的张力。

力从地起，人付诸劳动，有主场的从容，也有因为主观与客观的因素所能达到的限度。

景迈山的茶叶价格不算高，财富增长的故事也没有那么传奇，仍然能感觉到很多人来自生计的压力。

"茶叶赚的钱是有限的，而且只是一个月的时间让你去赚这个钱，并不是说每个季节都有那么高的价格。该种稻谷还是要种的，该种玉米还是要种的，该养猪还是要养的。"

有时是玩笑的口吻。"今年疫情，来的人少。要种地，不然没有吃的了。"

有朋友在申遗规划的推动下，重建了房屋，贷了款。

我们坐在建好了框架,但因为没有钱内部装修暂时搁置的新房前,谈起每月需要支付的利息,气氛有些凝重。

还有来自外界的不确定性和不可控的因素。大家对景迈山申遗成功后的未来充满了期待,但景迈山会怎么规划,对生产和生活会有什么影响,大家也只有模糊的猜测和想象。

有人抓住市场与申遗机遇,期待着大展拳脚。

有人还在观望,没有展开行动。"我也不知道要怎么发展,我们只会做茶叶。要用什么方法才能够吸引客人,我也不知道。"

限是天生自然资源的限制,限是地域边界的限制,限是来自外界的引导与规划,限是个人的眼界与能力所能达到的极限。

以茶为生,是逐渐建立的地方感,是对故土的认同和依赖。

寨子里,总是听到类似的表述。

"我让女儿不要城市户口,在城市里打工总有打不动的时候。"

"她还年轻，让她在外面做她喜欢的事，不再年轻的时候，她会回来的。"

"我干不动的时候，他得回来。"

以茶为生，也许是暂时的。但在当下，是确定的。

以茶为生，是底气，也是方向。

有一次在寨子里和年轻人做民众戏剧的活动。席地而坐聊天时，带领活动的赵志勇老师问大家，不考虑现实因素，如果选择一个地方生活，会选择哪里？想了想，好几个人说，景迈山。赵老师又问，不考虑现实因素，如果选择一个职业，会选择什么？想了想，好几个人说，做茶。

那些留在茶村的人，那些走得再远，也没有走出茶村的人。我不确定茶叶生计是给了他们从容，还是划定了一个走不出的圈。

不论怎样，大家没有离开，不想离开。

绘画 榆木先生

尾声

后记：在大的时代变迁里看到个体的生命轨迹

> 每个人都有自己微小的命运
> 如同黄昏的脸
> 如同草菊的光在暗影中晃动
> ——顾城

从2018年第一次到景迈山，来来回回去了很多次。最后完成书稿的时候，写了很多的故事，写了很多的个体。我知道自己写了一个不太学术的书稿。

我总在想，人们为什么要对遥远的村寨，陌生的人感兴趣？我想写面向大众的东西，写大家能感同身受的东西，写人性中更本质的东西。

在学术写作里，一个人或一个事件，往往被简化和抽离出来，作为证明，为指向最终一个明确的结论而服务。个体是模糊的、概述性的、符号化的，被看见，又似乎没有被看见。在那些碎片化的片段里，生活本身的丰富性和复杂性被遮蔽。

我关注整体的图景，力图展现社会的结构体系与世代变迁的背景，展现村寨的生长脉络。但我也关注人，把个体放到具体而细节的生活场景中，看到普通个体的生命轨迹，在众声里看到独白。我引用了很多当地朋友的原话，那是他们的情感、态度和思考。

学术性的整体思路和架构是有的，但写作状态是很个人和非学术的。我是在场的，也是超越性的。写作过程中，那个"我"会忍不住跳出来，有时是在现场的共情和感知，有时是作为外来者的观察和思考，但我尽力把情绪落在克制的叙述里。

静水深流，我希望自己的情感是宽厚而有力量的。

我总感觉自己的写作不是在创造一个新的东西，而只是用文字，协助事物原有的模样呈现出来。我用了平实的文字来表述，往往只呈现精简的信息。相比明确而具体的指向，我希望那些未说出的留白，属于每个人不同的解读。

我只写了我认识的一部分人的故事，还有很多没被书写和没有被看见的当地人，我对他们同样致以深深的敬意与祝福。

我写的是一个当代的景迈山，此时此刻的景迈山。

我写的是茶村，但不止是茶村。

我们每个人都在自己的命运之河里前行。

绘画 榆木先生

后记

致谢

感谢景迈山的朋友对我的接纳。

感谢大理大学民族文化研究院对我调研、写作和出版的支持。

感谢香港社区伙伴资助,云南省绿色环境发展基金会执行的"乡村绿色领导力能力建设"项目让我有了认识景迈山的契机。

感谢一起做项目,一起调研的朋友。

感谢在访谈和出版过程中提供了帮助的朋友。

感谢和我分享景迈山的信息的朋友。

感谢写作过程中听我唠叨,提出批评和建议的朋友。

感谢提供插画的朋友。

感谢浙江文艺出版社上海分社KEY-可以文化的朋友。

感谢我的家人。

我没有写出每一个人的名字,但我记得你们每一个人。想到你们,就有光亮和暖意。

图书在版编目(CIP)数据

命运·主场·限：一个茶村的生长故事/缪芸著. —杭州：浙江文艺出版社，2023.8

ISBN 978-7-5339-7347-6

Ⅰ.①命… Ⅱ.①缪… ②骆… Ⅲ.①散文集–中国–当代Ⅳ.①I267

中国国家版本馆CIP数据核字（2023）第157574号

策划统筹	曹元勇
责任编辑	周　思
营销编辑	耿德加　胡凤凡
责任印制	吴春娟
装帧设计	朱云雁

命运·主场·限：一个茶村的生长故事
缪芸　著

出版发行	浙江文艺出版社
地　　址	杭州市体育场路347号
邮　　编	310006
电　　话	0571-85176953（总编办）
	0571-85152727（市场部）
印　　刷	上海盛通时代印刷有限公司
开　　本	889毫米×1194毫米　1/32
字　　数	150千字
印　　张	8.25
版　　次	2023年8月第1版
印　　次	2023年8月第1次印刷
书　　号	ISBN 978-7-5339-7347-6
定　　价	59.00元

版权所有　侵权必究

一本书打开一个世界

欢迎订购、合作
订购电话：0571-85153371
服务热线：0571-85152727

KEY-可以文化　　浙江文艺出版社　　京东自营店

关注KEY-可以文化、浙江文艺出版社公众号，及浙江文艺出版社京东自营店，随时获取最新图书资讯，享受最优购书福利以及意想不到的作家惊喜